# 심야버스괴담

# 심야버스괴담

이재익 소설

황소북스

태풍의 자매인 폭풍우, 내가 그 아름다움을 인정할 수 없는 푸르스름한 창공, 내 마음의 영상인 위선의 바다, 신비스런 젖가슴의 대지, 천체의 주민, 전 세계, 현란하게 이 모든 것을 창조한 이여, 나는 당신에게 기구하노니, 하나의 선량한 사람을 나에게 보여주오!

— 로트레아몽, 〈말도로르의 노래〉 중에서

# 1

 

지금부터 어떤 기막힌 사건에 얽힌 이야기를 전하고자 한다. 꽤 오래 전의 일이다. 세기말의 음험한 분위기가 팽배하던 1999년, 그러니까 지금으로부터 12년 전에 있었던 사건이다.

고작 12년 전을 오래전이라고 부르기는 무리가 아니냐고 반문하는 이들에게는 이렇게 예를 들어주겠다. 그때는 인터넷도 일반화되지 않았던 시절이다. 핸드폰은 이제 막 문자서비스를 시작했으나 쓰는 사람도 별로 없고 발신자표시 기능 같은 기본적인 서비스도 없던 시절이다.

내가 이 사건에 대해 어떻게 아는지는 묻지 말지어다. 그런 질문은 소설가에 대한 결례다. 다만 마이크로필름으로 그 당시의 신문을 확인해보면 개별 사건에 대한 단신 기사를 볼 수 있을는지도 모르겠다. 1999

년에 있었던 미제 살인사건 중 이 소설에 등장하는 사건이 있으니.

공식적으로 수사를 결론 내리지 못한 부분을 상상력으로 매듭짓고 재구성한 결과가 바로 이 소설이다. 정말 이런 일이 있었느냐고 추궁하지 말지어다. 소설가란 따지고 보면 재미있는 거짓말로 밥벌이를 하는 몇 안 되는 직업이니까.

그럼 벨트를 매고 버스에 올라타시라. 이야기는 심야버스에서 시작한다. 지금은 사라진 강남역-분당 간을 왕복하던 시외직행버스. 그 번호가 2002번이었다는 사실 정도는 기억해주었으면 좋겠다.

자, 그럼 출발합니다.

# 2

 

준호는 서울로 돌아오는 길이었다. 여자친구를 집에 바래다주고 정
자동에서 버스를 탔다. 분당을 막 벗어날 때쯤 잠깐 단잠이 들었다가
이상한 조짐을 느끼고 잠에서 깼다.

차창밖으로 만월(滿月)에 가까운 달이 내려다보고 있었다. 버스의 흔
들림에 따라 넘실대는 달빛에 가벼운 현기증을 느꼈다. 버스는 터널로
들어갔다. 달은 사라지고 대신 터널 천정을 따라 길게 이어진 네온 불
빛에 눈이 부셨다.

응당 그래야 할 모습 그대로였다. 분당에서 서울 양재동으로 이어진
고속화도로, 시속 100킬로미터가 넘는 속도로 질주하는 2002번 심야시
외버스, 자정을 향해 차근차근 걸어가는 손목시계의 시침과 분침, 이어

폰을 통해 꽉 찬 볼륨으로 울리는 지미 핸드릭스의 사이키델릭한 기타 솔로. 하지만 잠기운이 완전히 가시면서 이상한 조짐의 정체를 알았다.

버스가 휘청거리고 있다!

이어폰을 빼자 여자의 날카로운 비명이 들렸다. 소름이 쫙 끼쳤다.

대체 이게 무슨 소동이지? 준호는 고개를 빼고 심야버스 안에서 무슨 일이 벌어지고 있는지 확인했다.

소동의 주인공은 한 남자였다. 쉰 살쯤 되어 보이는 그는 운전석 옆에서 기사와 격렬한 실랑이를 벌이고 있었다. 그는 울부짖었다. 끝없이 중얼거리는 말들 중에 제대로 알아들을 수 있는 것은 반도 되지 않을 만큼 혀가 꼬인 채로.

대충 뜻을 짐작하자면 세상이 어떻게 나한테 이럴 수 있느냐, 다 죽여 버리겠다, 뭐 이런 식의 과격한 넋두리였다. 만취했거나 정신이 온전치 않거나, 둘 중 하나였다. 어느 쪽이든 위험하긴 마찬가지다. 질주하는 심야버스 안에서는.

"어허! 이러면 위험해요. 빨리 돌아가 앉아요!"

버스 기사의 경고에도 아랑곳하지 않고 남자는 뻣뻣하게 버텼다.

운전석에서 얼마 떨어지지 않은 자리에 앉은 여대생, 준호의 대각선 앞자리의 긴 생머리 아가씨, 몇 칸 건너 뒷자리에 앉아 있는 마흔이 조금 안 되어 보이는 아줌마, 제일 뒤에 붙은 다섯 자리를 침대처럼 모두 차지하고 뻗어 있는 취객 그리고 기사와 정체불명의 남자까지 모두 일곱 명의 목숨이 위험했다.

"어어!"

기사의 비명과 함께 버스가 한 번 크게 휘청거렸다. 준호는 중심을 잃고 옆자리로 쓰러졌다 다시 몸을 일으켰다. 아줌마는 버스 바닥에 바싹 엎드린 자세로 두 손을 머리 위로 올렸고, 뒷자리에 누워 있던 취객은 나무토막처럼 바닥으로 굴러떨어졌다. 준호 앞에 앉은 아가씨는 두려운 듯 두 손에 얼굴을 파묻었다.

"속도를 줄여요!"

바닥에 엎드려 바들바들 떨고 있던 아줌마가 기사를 향해 소릴 질렀다. 그러나 기사는 옆에서 핸들을 뺏으려는 남자와 대치하느라 제어할 능력을 잃었다. 게다가 터널 안이었다. 차를 멈추거나 속도를 급히 줄이다가는 대형사고로 직결될 게 뻔했다. 버스는 오히려 점점 더 속력을 내며 흔들렸다.

준호는 자신도 모르게 자리에서 벌떡 일어났다. 짧은 순간에 수많은 생각이 교차했다. 상대는 겨우 술 취한 아저씨 하나였고 버스 안에 젊은 남자는 자신밖에 없었다.

비틀거리는 버스 복도를 지나 운전석 앞에 다다랐을 때 준호는 아무 말도 하지 못했다. 그저 난동 부리는 남자 얼굴만 바라볼 뿐이었다.

남자의 검게 그을린 얼굴은 무표정했다. 기쁨과 슬픔을 느끼는 DNA가 애초부터 결핍된 사람처럼 보였다. 오랜 세월 육체노동으로 탄탄하게 뭉쳐진 근육이 땀에 젖은 면 티셔츠 위로 드러나 보였다. 여러모로 상대 못할 버거운 상대임이 분명했다.

움츠러든 준호를 노려보던 남자가 날카롭게 쏘아붙였다.

"넌 뭐셔?"

술 냄새가 훅 끼쳤다. 충혈된 눈에서 뿜어져 나오는 독기에 준호는 더 움츠러들었다.

준호는 기어들어 가는 목소리로 말했다.

"저기, 그만 자리에 앉으시죠."

"이 자식이, 너 내가 누군지 알아? 너 임마 내가 누군지 아느냐고?"

천둥 같은 목소리에 준호는 정신이 아득해졌다. 남자는 준호 쪽으로 성큼 다가와 두 어깨를 잡았다. 절로 신음이 나오는 억센 아귀힘이었다.

"이놈아! 어떻게 니가 나한테 이럴 수 있어. 응? 어떻게, 어떻게 나한테 이럴 수 있어, 응!"

남자는 하도 울어서 더는 눈물도 나오지 않는 통통 부은 눈으로 눈물을 짜냈다.

"죄송합니다. 그런데 좀 진정하세요. 이러시면 기사 아저씨 운전이 힘들잖아요."

그때 남자의 눈이 번쩍 뜨였다.

"그래 맞다. 기사 아저씨는 운전을 해야지. 나도 운전을 하고 싶어! 난 니 녀석이 초등학교 입학하기도 전부터 운전을 했단 말이여. 니미 개같은 세상. 그런데 니 놈들이 날 이렇게 내쫓아? 응? 어떻게! 그리고 이젠 자식 놈까지 날 버렸어. 난 너 하나 보며 이렇게 살아왔는데, 이제 애비가 부끄럽다 이거냐? 으흐흐. 이제 남남으로 지내자고? 으흐흐흐흐"

준호는 애써 정신을 가다듬으며 남자의 울부짖음을 해석하려 했다.

'이 사람이 한때 버스 기사였을지는 모르지만 나의 생물학적인 아버지일 리는 없어.'

여전히 꽉 잡힌 어깨는 으스러질 듯이 아팠다.

"아저씨, 이것 좀 놓고 얘기하세요."

"자식이라고 하나 바라보고 평생 홀애비 신세 달래며 살았는데 이제 애비는 인간 취급도 안 해주는 거야? 니넨 오늘 다 죽었어! 술 좀 마신다고 내가 어디 사람 구실 못한 적 있어? 음? 니가 어떻게 이럴 수 있어? 으흐흐, 이 개 좆 같은 세상아."

남자는 갑자기 준호를 껴안았다. 숨이 콱 막혔다. 알코올 냄새와 뒤섞인 후끈한 땀 냄새. 쉴 새 없이 절규하는 목소리와 벌렁거리는 가슴의 진동이 고스란히 전해졌다.

"애비는 니가 보고 싶은데. 애비는 니가 있어야 하는데."

조금이나마 다행스러운 상황도 있었다. 무의식적으로 뒷걸음질을 치며 물러난 탓에 준호는 남자를 데리고 거의 복도 제일 뒷자리까지 이동해 있었다. 남자가 다시 운전석을 위협할 가능성은 별로 없는 분위기였다. 다른 승객은 모두 안도하는 표정이었다.

"확 여기서 그냥 내려버릴까 보다. 미친 호로자식이 어디서 꼬장이야, 꼬장은. 저런 놈들 땜에 우리나라 정치가 삼류라니까."

위기에서 벗어난 버스 기사가 호방한 목소리로 말했다. 버스는 터널에서 나와 더 속도를 높이고 달렸다. 아까 뒷자리에 누워 있다가 굴러

떨어진 취객이 바닥에서 일어나며 기사의 말에 토를 달았다.

"그래, 그래. 정치는 삼류데 더 중요한 건 무너진 학교를 어떻게 다시 세우느냐지. 사랑의 매가 사라지니 어떻게 교육이 딸꾹… 어떻게 교육이 말이야."

취객은 한 덩어리가 되어 있는 준호와 남자를 툭툭 두드려주고는 다시 빈자리에 픽 쓰러졌다.

"아저씨 숨 막혀요. 이제 좀 놔주세요."

준호의 애원에 남자의 팔이 스르르 풀렸다. 너무나도 쉽게 풀려 얼떨떨할 정도였다.

남자의 얼굴에 알 수 없는 미소가 그려졌다. 준호가 그 의미를 파악하려는 동안 남자는 운전석 쪽으로 고개를 돌렸다.

남자가 운전석을 향해 달린다. 아줌마와 여대생이 반사적으로 일어나 남자의 양쪽 팔을 붙잡는다. 거울을 보고 최악의 사태를 예감한 기사가 급브레이크를 밟는다. 복도에 서 있던 준호는 속도와 무게에 비례하는 관성의 법칙에 의해 맹렬한 힘으로 문제의 남자에게 날아간다. 엉거주춤하게 서서 남자의 양팔을 잡고 있던 아줌마와 여대생, 문제의 남자, 준호가 한데 엉켜 버스 바닥으로 쓰러진다.

모두 눈 깜박할 틈에 일어난 사건이었다.

# 3

온 세상이 깜깜하다. 눈을 뜨고 싶지만 뜻대로 되지 않는다.

준호는 어릴 때 콘센트에 손가락을 넣고 장난치다가 감전으로 정신을 잃었던 기억을 떠올렸다. 한참 동안 끙끙거린 끝에 겨우 눈을 떴다.

버스가 멈춰 있다. 차체가 약간 비스듬하게 기운 걸로 보아 갓길 안쪽으로 한참 들어가 선 모양이다. 버스 옆으로 질주하는 차들의 엔진 소리가 들렸다.

"이봐요! 다들 괜찮아요?"

기사가 걸어오는 모습이 흐릿하게 보였다. 준호는 상당히 애를 쓴 후에야 날카로운 통증을 느끼며 몸을 일으킬 수 있었다. 준호의 몸 아래에 깔려 있던 남자는 깨끗하게 엎드린 자세로 움직임이 없었다. 그 남자를 고깃덩어리라고 하면 양쪽으로 햄버거 빵처럼 포개져 쓰러진 아줌마와 여대생은 인상을 쓴 채 정신을 차리려고 고개를 흔들었다.

몸을 일으킨 준호가 뒤를 돌아보았다. 앞좌석 등받이에 얼굴을 처박은 채 움직이지 않고 있는 취객의 팔이 보였다. 준호 앞자리에 앉아 있던 긴 생머리 아가씨가 자리에서 일어났다. 아가씨는 어이가 없다는 표정으로 난장판이 된 버스 안의 풍경을 보다가 준호와 눈이 마주쳤다. 쌍꺼풀이 없으면서도 큰 아가씨의 눈은 젖어 있었다. 그녀는 마주친 시선을 피하지 않았다. 준호가 먼저 고개를 돌렸다.

"다들 괜찮아요? 이 미친놈이 또 달려들까 봐 일부러 속도를 줄이려고 한 건데…."

깡마르고 자그마한 체구에 들창코를 가진 기사는 다소 미안해하는 목소리로 말했다. 그리고 쓰러져 있는 남자의 등을 내려다보았다.

"아저씨, 일어나요. 빨리 정리하고 갑시다! 여기서 더 늦으면 정말 안 돼요!"

"아저씨? 기사님 말씀 안 들려요? 일어나요. 빨리!"

아줌마도 인상을 쓰며 다그쳤다.

"미친 놈. 감히 어디라고 꼬장을 부려! 여기가 어디 시골 시내버스쯤 되는 줄 아는 모양인데, 여긴 2002번 고급 좌석버스라고. 인마, 난 17년 무사고 운전 경력자야! 17년! 모범 시민으로 성남시장님한테 표창도 받았다고. 알기나 해? 앙?"

기사는 씩씩거리며 분풀이를 했다. 그래도 반응이 없자 쓰러진 남자의 어깨를 발로 툭툭 차며 더 큰 목소리로 말했다.

"너 땜에 사고라도 났으면 우리 마누라랑 딸년은 어떡할겨?"

기사는 승객들을 둘러보며 말했다.

"이 미친 놈이 일어나면 또 지랄할 테니까 깨기 전에 밖에 던져놓고 갑시다."

준호는 창밖을 보았다. 인적 없는 야산과 들판이었다. 고속화도로를 지나 사람 사는 마을까지 걸어가려면 몇 시간은 걸릴 위치였다. 이 시간에 이런 도로에서는 히치하이킹도 불가능하다. 게다가 잔뜩 취한 상태에서는 차에 치어 죽기 십상이다.

"아저씨! 아저씨?"

준호는 쓰러져 있는 남자의 어깨를 잡고 흔들었다. 뒤쪽에 앉아서 사태를 지켜보기만 하던 긴 생머리의 아가씨도 다가왔다.

"아니, 그런 놈 깨워서 뭣 하려고? 또 난리 나는 꼴 보려고?"

기사는 못마땅한 표정을 지으며 준호에게 물었다.

"여기 내려놓으면 죽을지도 몰라요. 지나가는 차에 뛰어들기라도 하면 어떡해요?"

아줌마가 끼어들었다.

"학생이 아직 어려서 잘 모르나 본데, 이런 주정뱅이는 죽는 게 나아. 이러니까 아들한테 버림받지. 빨리 밖에 던져놓고 집에 가자고. 아이 참 하필이면 오늘."

아줌마의 다그침에도 불구하고 준호는 계속 남자의 어깨를 잡고 흔들었다. 아줌마는 뭔가를 더 얘기하려다가 입을 다물었다. 버스 기사도 준호 곁에 앉아 남자의 몸을 흔들었다.

그렇다. 그쯤에서는 모두들 예상하지 못한 사태가 발생했음을 직감했다. 거세게 흔들던 기사의 손길이 점점 느려진다. 준호는 이미 남자의 어깨에서 손을 뗀 상태다. 여대생은 고개를 흔들며 손으로 입을 막는다. 아줌마는 그럴 리가 없다는 얼굴로 금방이라도 눈물을 터뜨릴 것처럼 보인다.

쓰러진 남자는 외부의 자극에 반응을 하지 않는다. 그건 무슨 뜻인가? 준호는 남자의 몸에서 손을 떼고 뒤로 물러섰다. 주먹을 꼭 감아쥐었다. 잠시 정적이 흘렀다.

"어떡해요, 흐흑."

여대생이 흐느꼈다. 버스 기사는 몇 번 더 남자의 어깨를 흔들었다. 기사의 이마에서 볼로 천천히 흘러내리던 땀방울이 쓰러져 있는 남자의 등 위로 뚝 떨어졌다. 정확히 자정이 되었음을 알리는 시계처럼.

"뒤집어봐요."

아줌마의 허스키한 목소리는 심하게 떨렸다. 남자의 몸을 뒤집는 버스 기사와 준호의 손도 마찬가지였다. 남자의 몸은 무척 무거웠다. 어렵사리 뒤집었다. 표정 없는 얼굴은 석고상처럼 굳어 있는 정물이었다. 호흡도 없이.

준호의 입에서 가느다란 신음이 흘러나왔다. 버스 기사는 열릴 줄 모르는 남자의 눈꺼풀에서 시선을 떼지 않았다. 여대생은 숨을 헐떡거리며 옆의 의자에 주저앉아버렸다. 준호 앞에 앉아 있던 생머리 아가씨는 허탈한 한숨을 내쉬었다.

기사는 턱을 덜덜 떨며 남자의 가슴에 천천히 귀를 가져다 댔다. 볼을 툭툭 쳐보고, 눈꺼풀을 한번 뒤집어보았다. 분명한 사실을 확인했다.

죽었다.

"이럴 수가."

기사는 그제야 남자의 몸에서 뒷걸음질쳤다.

"안 돼. 이러면 안 돼!"

아줌마도 소리쳤다.

기사 역시 당혹스럽긴 마찬가지였다. 자초지종이야 어떻게 되었던 자신이 몰던 버스에서 승객이 죽었다면 17년 무사고 운전 경력이나 모범 시민 등의 수식어를 포기해야 함은 물론이고 기사로서의 밥줄도 끊긴 거나 마찬가지였다.

'술주정뱅이 하나 때문에 실업자가 될 수는 없어. 그건 절대 안 될 일이야. 절대로.'


삑삑삑—.

정적을 깨고 전자음이 들렸다. 모두의 시선이 집중된 곳은 여대생의 손에 들려 있는 핸드폰. 여대생 앞에 서 있던 아줌마가 매서운 인상을 쓰며 핸드폰을 빼앗았다.

"학생 미쳤어? 지금 뭐하는 거야?"

여대생은 아줌마의 얼굴을 보다가 자신 없는 목소리로 대답했다.

"신고해야죠."

여대생의 나지막한 대답은 모두를 잠시 긴장시켰다.

"신고? 아니 학생, 지금 뭔가를 잘 모르고 있나 본데…."

기사는 뭔가 거창한 얘기를 할 듯 숨을 크게 들이마셨다가 그냥 내쉬어버렸다. 준호는 뭘 어떻게 해야 할지 정확하게 판단이 서지 않았다.

상황은 간단하다. 사람이 죽었다. 명백한 사고도, 그렇다고 고의적인 살인도 아니다. 여러 가지 원인이 함께 작용했다. 기사는 급브레이크를 밟았고, 남자와 실랑이하다가 복도에 서 있던 준호가 남자를 떠밀었다. 자리에서 떨어진 아줌마와 여대생의 몸무게도 남자를 죽게 한 원인 중 하나였다.

이런 경우 처벌을 피할 수 있나?

어디선가 주워들은 여러 가지 형법 용어가 떠올랐다.

과실치사? 정당방위? 미필적 고의에 의한 살인?

준호가 조금만 더 침착했더라면 현명한 판단을 내렸으리라. 그러나 사람은 가끔 잘못된 판단을 내린다. 때로는 어이없을 만큼. 세기말의 음험한 기운 때문이었을까? 아니면 보통 때보다 더 밝은 달 때문이었을까? 자가증식하는 공포가 준호의 판단력을 갉아먹었다. 준호는 순간 엉뚱한 상상에 빠졌다.

# 4

영화에서 자주 보았던 법정의 모습이 그려졌다. 하얀 수의를 입은 준호는 두 손이 밧줄로 묶인 채 고개를 숙였다. 부모님과 여자친구가 방청석에 앉아 울고 있다. 안경을 쓰고 날카롭게 생긴 검사가 앞으로 다가와 엄숙한 어투로 말한다.

— 피고의 행위가 피해자의 죽음에 결정적인 역할을 했다는 사실을 인정하나요?

오랫동안 깎지 못해 제멋대로 자라버린 수염 때문에 초췌해 보이는 준호가 어눌한 목소리로 답변한다.

— 저는 단지 그 사람을 말리려고….

검사의 카랑카랑한 음성이 준호의 입을 틀어막는다.

— 피고! 묻는 말에만 대답하세요! 피해자는 몸싸움으로 인한 뇌진탕으로 죽었어요. 그 압력 중에 피고의 몸무게가 결정적인 역할을 했던 거 아닙니까? 지금 우린 이빨 몇 개 부러진 술자리 싸움 때문에 이러고 있는 게 아니에요. 사람이 죽었습니다. 게다가 피해자는 죽기 직전에 피고와 심한 언쟁까지 벌였잖아요.

준호는 조금 들었던 고개마저 떨구고 만다. 결국 유죄.

장면이 바뀐다. 준호는 어두컴컴한 감방에서 푸른 죄수복을 입고 쌀죽을 퍼먹고 있다. 정신없이 먹고 있던 흰죽에서 건더기가 나온다.

우와, 고긴가? 땡잡았다!

환하게 웃으며 건더기를 집어올리는 준호. 포크처럼 끝이 갈라진 숟가락 걸려나온 건더기는 새끼손가락 한마디만 한 크기에 짙은 갈색이고 가느다란 다리가 여러 개 달려 있는 곤충이다. 바퀴벌레라고 부르는 생물. 두 개의 긴 더듬이가 준호의 코앞에서 꼼지락거린다.

준호는 구토를 하기 시작한다. 입에서 바퀴벌레들이 와르르 쏟아져 나온다. 수천 수만 수억, 실로 끝없는 바퀴벌레의 물결이다.

# 5

"안 돼!"

현실로 돌아온 준호는 자리에서 벌떡 일어나 소릴 질렀다. 다른 승객
들의 시선이 준호에게 쏠렸다.

"뭐가 안 된다는 거지?"

기사는 어느새 담배를 물고 있었다. 준호는 기사의 질문에 대답하지
못하고 다시 쭈그려 앉았다. 고통스러운 정적을 깬 건 여대생이었다.

"신고해야 돼요. 우린 잘못한 게 없잖아요?"

여대생은 제법 또렷또렷한 목소리로 말했다.

"아니, 사람이 죽었는데 잘못한 게 없단 말이야?"

기사의 목소리는 갑자기 톤이 높아졌다. 담배를 물고 인상을 가득 쓴

그의 얼굴은 자못 험악했다. 어느새 모범 시민이나 17년 동안의 안전 운행과는 한참 거리가 멀어 보였다.

"전 별로 잘못한 게 없잖아요. 사실 기사 아저씨가 급브레이크를 밟아서…."

여대생은 잠시 눈치를 보다가 손가락으로 준호를 가리키며 말을 이었다.

"죽은 아저씨랑 싸우던 이 아저씨가 뒤에서 덮친 게 제일 큰 원인이 잖아요."

준호의 가슴이 철렁 물결쳤다. 여대생의 말이 채 끝나기도 전에 기사는 담배꽁초를 바닥에 던져버리고 그녀 앞으로 성큼성큼 다가왔다.

"난 다 봤어. 운전석 앞에 붙은 거울로 말이야."

기사는 비열한 미소를 지으며 여대생의 팔을 잡았다.

"니가 그 남자 팔을 잡고 있다가 앞으로 밀쳐버렸잖아!"

여대생의 얼굴이 형편없이 일그러졌다.

"미, 밀쳐요? 제가요? 아니 그게 무슨 소리예요?"

여대생은 자신과 같은 행동을 취했던 아줌마를 힐끗 돌아보았다.

"난 밀치지 않았지만, 학생이 밀쳤는지 아닌지는 잘 모르겠네. 워낙 경황이 없어서. 어쨌든 지금 신고하는 건 좋은 생각이 아닌 것 같아. 하필이면 오늘 같은 날. 아휴, 정말 못 살아. 어떡하면 좋아!"

아줌마는 발을 동동 굴렀다. 기사 아저씨는 그 보란 듯 의기양양한 표정으로 다시 담배를 빼물었다. 여대생은 준호의 얼굴을 애절한 눈빛으로 바라보았다. 준호는 은근슬쩍 여대생의 시선을 피해 고개를 돌렸다. 여대생이 두 손에 얼굴을 파묻고 우는 모습이 창에 비쳐 보였다.

"아가씨, 뭐 전화하고 싶으면 해. 난 다만 사실과 내 의견을 말한 것뿐이야. 우리나라는 다들 자기 거시기 꼴리는 대로 하는 민주국가니까."

기사가 민주주의에 대해 말했다.

"어떡하면 좋아. 하필이면 오늘. 나 큰일났네."

아줌마는 같은 말을 반복하면서 벌벌 떨었다. 자꾸만 '오늘'이라는 단어를 되풀이하는 아줌마에게 준호는 '도대체 오늘이 무슨 날이기에 그래요?'라며 소리라도 버럭 지르고 싶은 심정이었다. 하지만 아줌마가 신고를 기피하는 말 못할 이유가 있다는 건 남자의 죽음에 결정적인 역할을 했다는 죄책감을 느끼고 있는 준호로서는 다행스럽게 느껴졌다.

"저기, 그럼 의견을 모은 다음에 신고를 하면 되잖아요?"

여대생이 애처로운 목소리로 입을 열었다.

"의견을 모으자니, 뭘 어떻게 하잔 얘기요?"

기사의 반응은 퉁명스러웠다. 준호 역시 여대생의 머리에서 특별히 좋은 생각이 나올 것 같진 않았다.

'지금 해야 할 일은 최대한 빨리 이 시체와 물질적, 정신적 거리감을 멀리 하는 작업이야. 자꾸만 다른 잔머리를 굴려봤자 시간만 흘러간단 말이야!'

준호는 여대생의 입을 강제로라도 틀어막고 싶었다.

"사실 이 아저씨도 잘못하긴 한 거니까. 보통 때처럼 잘 가고 있는 버스 속에서 이 사람 혼자서 실수로 넘어져서 죽었다고 다 같이 증언하면 되잖아요?"

여대생은 꽤 그럴싸하다고 생각하는지 다소 희망적인 얼굴로 다른 이들의 반응을 살폈다. 준호가 나섰다.

"장난해요? 요즘은 부검만 하면 죽을 때 어느 정도의 압력이 가해졌는지 다 알 수 있다고요. 또 상식적으로, 발 헛디뎌서 죽기까지 하는 경우가 흔하겠어요? 만약에 그렇게 입을 맞춰 증언했다가 부검 결과에서 압사 흔적이 발견되면 우린 위증죄까지 뒤집어쓰고 감옥에 가야 한다고요. 이 사람은 압사당했어요. 나, 아줌마 그리고 아가씨 당신! 세 명의 몸에 깔려 죽었다고요. 물론 기사 아저씨가 급브레이크를 밟은 게 처음 원인이었지만."

그렇게까지 자세하게 얘기하고 싶었던 건 아니었는데, 자기도 모르게 '압사', '위증죄'라는 단어까지 내뱉어버리고 말았다. 준호의 설명은 여대생뿐 아니라 다른 사람들까지 입을 다물게 했다. 특히 아줌마는 심한 정신적 갈등에 시달리는지 불쾌한 신음을 냈다. 그 끙끙거림은 준호의 신경에 적지 않게 거슬렸다.

"머리만 잘 굴리면 없었던 일로 할 수도 있어."

기사 아저씨의 나직한 목소리에 다들 눈이 번쩍 뜨였다. 모두 그다음 나올 말을 대충 알고 있었다. 무서운 제안이었다. 자기가 먼저 그런 제안을 하지 않아도 된다는 것이 그나마 위로가 되었다. 아줌마가 자기 생각을 내놓았다.

"그래요. 그럴 일이 없겠지만, 만의 하나라도 나중에 들통이 난다고 하면 그때 사실대로 말해도 돼요. 너무 당황하고 무서워서 그랬다고. 하지만 걸릴 염려는 없어요. 우리하고 이 사람하고는 아무 연관도 없잖아요? 경찰이 아니라 경찰 할아버지라도 우리를 못 찾아내요."

"더 늦기 전에 빨리 하자고. 시간이 흐를수록 불리하니까."

기사의 말에 모두 고개를 끄덕이며 동의를 표시했다. 한 가지 문제가 있다면, 아무 말도 없이 모든 상황을 가만히 지켜보고 있는 긴 생머리 아가씨였다. 사람들의 시선이 자기 쪽으로 향하자 그녀는 고개를 숙이며 옆에 있는 의자에 털썩 앉아버렸다. 그리고는 굳은 얼굴로 창밖을 내다보았다.

"저거 미친 년 아녀?"

기사가 여자에게 들릴 만큼 큰 목소리로 아줌마에게 말했다. 아줌마가 생머리를 불렀다.

"아가씨? 아가씨!"

자신을 부르는 소리에 생머리는 천천히 고개를 돌렸다. 울고 있지도, 두려워하지도, 당황해 하지도 않았다. 버스 안의 긴급한 상황조차 무의미하게 느껴질 만큼 큰 슬픔에 잠겨 있는 모습이었다. 기사가 다급한 목소리로 말했다.

"우리 나갔다 올 테니까 저기 뒤에 술 취한 아저씨나 좀 봐줘요. 혹시 깨서 사람들 어디 갔느냐고 묻거든 차가 갑자기 퍼져서 엔진 점검하고 있는 동안 다들 볼일 보러 갔다고 해요. 오래 안 걸릴 거라고."

생머리는 대답이 없었다.

"아가씨, 벙어리요?"

기사가 괄괄한 목소리로 다그쳤다. 모두 생머리의 입술에 주목했다. 그녀는 낮은 목소리로 내뱉었다.

"오늘은 제 생일이었어요."

조금 엉뚱하긴 했어도 생머리의 목소리가 너무나도 애처로워 더 이상의 시비를 걸지 않게 만들었다. 준호가 막 고개를 돌리려는 순간 생머리와 눈이 마주쳤다. 깊고 푸른 눈빛이 준호의 시선을 도망가지 못하게 붙들었다. 준호는 그녀의 눈에서 실연의 고통으로 인한 상실감과 슬픔을 읽었다.

"자, 자! 서두릅시다!"

기사가 준호의 팔을 잡아끌었다. 준호는 기사와 함께 남자의 시체를 버스에서 끌고 나갔다. 여대생과 아줌마도 핸드백을 자리에 놔두고 준호와 기사 아저씨를 도왔다.

# 6

고속도로 옆 야산에 들어가는 데는 생각보다 오랜 시간이 걸렸다. 준호는 시체가 그렇게 무거운 줄 처음 알았다. 여름밤의 무더운 공기까지 합세한 탓에 온 몸이 땀으로 흠뻑 젖었다. 다른 이들도 마찬가지였다. 꽤 어둑한 곳까지 시체를 옮기고 난 후엔 다들 탈진한 상태였다.

사람들은 시체 주위에 쪼그려앉아 아무 말도 하지 않았다. 기사는 담배를 빼물었고 준호도 한 대를 얻어 피웠다. 여자친구와의 금연 약속이 한 달이 채 가지 못하고 깨지는 순간이었다.

"씨발, 정말 재수 똥 튀기는 날이구먼. 어떻게 이 따위 일이 생길 수가 있지? 17년 무사고 경력에 모범 시민 표창까지 받은 나에게 어떻게…."

이름을 알 수 없는 벌레들이 찍찍거리는 소리, 살진 달과 수많은 별,

빽빽한 나무들 틈새로 간간이 보이는 헤드라이트 불빛들의 질주, 끊임없이 다가왔다가 멀어지는 엔진 소리.

세상은 정상이었다. 넋이 나간 표정으로 시체 옆에 앉아 있는 그들 네 명만 제외하고 달 아래 모든 것은 평온해 보였다. 기사가 엉덩이를 툭툭 털며 자리에서 일어났다.

"내려갑시다."

"잠깐! 안 들려요?"

아줌마가 모두를 긴장시켰다. 뭔가 소리가 들렸다. 거기 모인 사람들이 내는 소리도, 벌레 소리도 아니었다. 누군가 다가오는 소리였다. 아줌마는 버스에서 소란이 일어났을 때처럼 바닥에 엎드렸다. 여대생은 턱을 심하게 떨며 자기 몸을 꼭 끌어안았다.

'경찰일까? 동네 주민일까? 세워진 버스를 보고 차를 멈추고 쫓아나선 호기심 많은 사람일까?'

준호는 앞으로 어떤 일이 일어날지 상상하며 침을 삼켰다.

마침내 발자국 소리가 멈추었다. 흐릿한 그림자로 봐서는 상당한 거구를 가진 사람이었다. 그림자는 하나가 아닌 둘이었다.

# 7

"여기서 뭐 하는 거요? 응?"

덤불을 헤치고 나타난 그림자의 주인공은 뒷자리에 있던 취객, 그를 책임지기로 했던 생머리 아가씨였다. 오늘이 생일이라던 아가씨는 큰 죄라도 지은 듯 취객의 뒤에 고개를 숙이고 서 있었다.

"당신들 도대체… 기사 양반! 나 바쁜 사람이야. 빨리 집에 갑시다!"

취객은 그 사이 술이 많이 깼는지 느릿느릿하긴 했지만 덤덤한 말투로 얘기했다. 달빛에 취객의 모습이 드러났다. 큰 체구에 우락부락한 인상이 옅은 색의 단정한 양복 차림과 묘한 부조화를 이뤘다.

"예, 예, 빨리 가야죠. 걱정하지 마세요. 지금 바로 출발하면 됩니다."

기사는 몸에 익숙한 서비스 맨의 친절한 자세로 돌아왔다. 다소 비굴

한 억양과 몸짓으로 취객을 안심시키려 했다. 그러나 취객은 엉뚱한 방향으로 나왔다.

"당신들 사이비 종교 집단 아니야? 날 엮을 생각은 하지 마. 난 명성여고에서 국민윤리를 가르치고 있는 최 주임이야. 마포 영생교회 집사이기도 하고. 내 이름 들어본 사람 있어? 그쪽에선 모르는 사람이 없는데, 다들 교육엔 통 관심이 없나 보군. 교사들은 무너진 학교를 세우려고 잠도 못 자는데 사회에선 무관심이니. 하여튼 당신들이 무슨 짓을 하든 그게 비윤리적이라면 난 용서할 수가 없어. 알겠지? 빨리 버스로 돌아갑시다!"

죽은 남자는 짙은 색 옷을 입고 있었던 덕에 술 취한 최 주임의 눈에 띄지 않았다. 준호는 빨리 산을 내려가고 싶어 안달이 났다.

"파묻을 필요는 없겠죠?"

아줌마가 기사의 귀에다 대고 귓속말을 했다.

"땅 파는 게 어디 쉬운 일인 줄 아쇼? 그리고 누가 이 야산에 올라오겠어요? 천천히 썩어서 거름이 될 겁니다."

최 주임은 귓속말을 나누고 있는 기사와 아줌마를 보고 버럭 소릴 질렀다.

"어허! 그만 수군거리고 빨리 가자니까! 당신들 우상을 숭배하다가는 유황 지옥에 떨어진다는 거 알고나 있소?"

최 주임의 다그침이 끝나자 모두들 약속이라도 한 듯 재빨리 자리에서 일어났다. 준호가 앞장을 섰다.

"거기, 아저씨도 빨리 일어나요!"

최 주임의 말에 모두의 심장이 한 번 크게 덜컹거렸다. 당연히, 시체는 움직이지 않았다. 최 주임은 천천히 시체 앞으로 다가갔다.

젠장, 결국은 이렇게 꼬이는군! 왜 깨끗하게 끝나지 못하고! 왜!

준호의 등에서 식은땀이 흘렀다.

"아저씨, 일어나요! 아저씨!"

최 주임은 아무리 소릴 질러도 시체가 꼼짝하지 않자 고개를 돌리고 아줌마에게 물었다.

"이 아저씬 뭐요? 제물 역할을 하는 사람이오?"

아줌마는 난리통에 엉망이 된 파마머리를 긁적거리며 횡설수설했다.

"그냥 놔둬요. 그 아저씬 오늘 여기서 하룻밤을 지내야 해요. 그래야 액운이 풀리거든요."

누가 들어도 궁색하기 짝이 없는 변명이었지만 최 주임은 놀랍게도 고개를 끄덕거리며 수긍했다.

준호는 고개를 들어 달을 보았다. 만월에 가까워지는 상태인지 지난 상태인지는 알 수 없었지만 둥글지도 모나지도 않은 달은 하늘 가득 은빛을 흩뿌리고 있었다. 최 주임이 뒤돌아서나 싶더니 말했다.

"그래도 천하의 최 주임이 이런 일을 보고 그냥 지나칠 순 없지. 아저씨. 업혀요! 만약 주문에 걸린 상태라면 내가 주 예수의 힘으로 주문을 풀고 병원에 데려다주겠소!"

최 주임이 막 시체에 손을 대려고 할 때 기사가 그의 팔을 잡았다.

오 마이 갓.

준호는 눈을 감았다. 기사의 목소리가 들렸다.

"이 사람, 죽었소."

준호는 에라 모르겠다 하는 심정으로 눈을 떴다.

'이렇게 된 이상 경찰에 신고하고 있는 그대로 말하는 수밖에. 사람이 죽었으니 보통 일은 아니겠지만 고의가 아니었다는 점은 참작되겠지.'

최 주임은 기사의 말을 금방 이해하지 못하는 모양이었다. 잠시 고개를 갸웃거리며 시체와 기사 그리고 주위 사람들의 얼굴을 차례로 노려보았다.

"이 사람들 보자보자 하니, 누가 바본 줄 아쇼?"

최 주임은 의기양양한 표정으로 시체의 팔을 잡고 일으키려 했다.

"아저씨, 장난질 그만 하고 이제 일어나요! 난 내일 주임 회의도 있으니까."

시체는 축 늘어진 채 흐느적거리기만 할 뿐 최 주임의 뜻대로 일어나 주지 못했다.

준호는 긴 한숨을 내쉬었다.

'최 주임 말대로 장난질이라면 얼마나 좋을까? 주문에서 풀린 시체가 겸연쩍은 미소를 지으며 일어나고, 모두 버스로 돌아가고, 집에서 단잠을 잔 후 내일의 태양이 떠오르는 모습을 본다면 얼마나 좋을까?'

최 주임의 얼굴이 점점 굳어졌다. 그는 세차게 고개를 흔들어 술기운을 떨쳐버리려고 했다.

"어떻게, 어떻게 이런 일이?"

최 주임은 몸을 떨다가 자리에서 주저앉았다. 그리고 자기 발치에 있는 시체를 보고는 앉은 채로 뒷걸음질을 쳤다.

"지금 이것저것 따질 때가 아니오! 빨리 버스로 돌아갑시다. 상황 설명을 해주겠소."

기사가 다그쳤지만 최 주임은 움직이지 않았다. 그리고 말했다.

"경찰을 불러야겠소!"

다른 이들은 꼼짝도 하지 않고 최 주임을 노려보았다. 사람들의 기세에 질린 듯 잠시 머뭇거리긴 했지만 최 주임의 눈빛은 만만치 않았다.

"도대체 당신들 제정신이오? 어떻게 이대로 죽은 사람을 놔두고 가자는 거요? 이 사람은 왜 죽은 거요? 오, 주님! 어리석은 믿음에 빠진 자들을 구원하소서!"

최 주임은 두 팔을 하늘로 벌리는 엄숙한 장면을 연출했다.

아무도 입을 열려고 하지 않았다. 기사는 주먹을 꼭 감아쥐었다. 아줌마는 손등으로 이마에 맺힌 땀을 닦아냈다. 긴 생머리 아가씨는 한숨을 내쉬었다. 여대생의 얼굴에는 공포에 휩싸인 표정이 가득했다.

"좋아. 당신들 아주 집단으로 단단히 미친 모양인데, 그래도 소용없어. 이렇게 죽은 사람을 산중에 놔두고 간다는 건 정말 나쁜 짓이야. 잘못된 것이라고! 도대체 윤리 교육을 어떻게들 받은 거요? 오, 주여. 나 혼자 걸어가서라도 경찰에 연락할 테니 당신들 여기서 무슨 의식을 치르든, 밤을 새든, 이 시체를 버리고 도망가든 맘대로 하쇼!"

최 주임이 발걸음을 옮기려는 순간, 기사의 손이 최 주임의 어깨를 붙잡았다. 최 주임의 거구가 잠시 멈췄다가 다시 움직였다. 이번에는 아줌마까지 달려들어 그의 팔을 잡고 늘어졌다.

"아이고, 선생님. 한번만 우리 살려주쇼!"

아줌마는 울기 직전이었다.

"이 사람들이 정말! 혹시 당신들이 죽였소?"

"무슨 그런 말씀을!"

아줌마는 기겁을 했다. 하지만 너무 흥분한 상태라 그동안에 있었던 일을 차근차근 설명하지는 못하고, 어버버버 알아듣지 못할 의성어들을 내뱉으면서 최 주임의 팔만 흔들었다.

"이거 놔요, 아주머니. 잘못이 없다면 겁낼 것도 없잖소? 당신네들이 어떤 종류의 종교적 믿음을 갖고 있는지는 모르겠지만, 어떻게 죽은 사람을 저렇게 내버리고 간단 말이오? 당신들은 인간으로서 기본적인 양심도 없소? 주님이 보고 계십니다!"

"아니, 그게 아니라 아이구, 하필이면 오늘…."

대책 없이 시간만 끌고 있는 아줌마의 모습을 보고 있던 여대생이 최 주임 앞에 가서 섰다.

"선생님, 진정하세요. 우린 저 사람을 죽이지 않았어요."

최 주임은 여대생의 등장에 조금 놀란 듯했다.

"최대한 짧게 말씀드릴게요. 버스가 분당 고속화도로에 있는 터널 근처를 달리고 있는데 저기 죽어 있는 아저씨가 갑자기 기사 아저씨 앞에서 난동을 부리기 시작했어요. 정확히는 모르겠지만, 파업 때문에 실직을 하고 아들한테까지 버림을 받은 것 같아요. 하여튼 저 아저씨를 말리려고 여기 있는 이 남자분이랑 저랑 아주머니가 실랑이를 벌이고 있는데 버스 기사님이 급정거를 했어요. 저희 셋이 아저씨와 함께 바닥으로 넘어졌고, 그때 아저씨가 깔려 죽은 것 같아요. 저흰 사이비 종교 집단도 아니고, 고의로 저 사람을 죽인 것도 아니에요!"

최 주임은 술이 깬 말짱한 표정으로 여대생의 말을 들었다.

'대단한 달변이군.'

준호는 사건 정황을 요약해서 조목조목 짚어주는 여대생의 말솜씨에 감탄했다. 이제 최 주임이 현재 상황을 이해하고, 어떻게 보면 피해자이기도 한 사람들에게 법적 · 행정적인 불이익이 돌아가지 않도록 하기 위해 한 번쯤 자신의 투철한 윤리관을 접어주리라 생각했다. 준호뿐 아니라 모두들 그렇게 기대하고 있었다.

최 주임은 잠시 고민하다가 무거운 표정으로 결론을 내렸다. 그 역시 부정확한 법률 지식의 소유자이며 법률 용어도 잘 몰랐으면서도 판사처럼 말했다.

"흐음. 미필적 고의에 의한 집단 살인이군. 당신들 도저히 안 되겠소."

미필적 고의에 의한 집단 살인?

준호가 소리쳤다.

"선생님! 어떻게 그게 살인이에요?"

너무 크게 소릴 질렀는지 사람들의 시선이 한꺼번에 준호의 얼굴로 집중되었다. 특히 최 주임은 요주의 학생이라도 보는 눈으로 준호를 유심히 살펴보았다.

"살인인지 아닌지는 이런 산중이 아니라 법정에서 결정할 문제지. 난 다만 예전에 고시 공부하던 기억을 되살려서 얘기했을 뿐이야. 합격을 눈앞에 두고 교육자의 길을 택했지. 당신들 모두 법정에서 보자고!"

법정이란 단어가 튀어나오자 아줌마는 바닥에 주저앉아버렸다. 여대생은 울음을 터뜨렸다.

"이 자식이 보자보자 하니까. 내가 누군지 알아? 무사고 운전 17년에 모범 시민 표창까지 받은 사람이야! 니가 선생이면 선생이지 어디서 훈계를 하고 예수를 찾고 지랄 옆차기야?"

기사도 버럭 소리를 질렀다.

"이 사람이 어딜 더러운 입으로 예수님을 모욕해?"

최 주임이 기사를 밀쳐버렸다. 기사는 뒤로 나동그라졌다.

"어, 지금 나 쳤냐?"

화를 못 이긴 기사가 최 주임에게 달려들어 주먹으로 턱을 갈겨버렸다. 주먹은 아슬아슬하게 빗나갔다. 최 주임은 반사적으로 기사를 밀쳐버렸다. 이번에는 아까보다 더 센 힘이었다. 뜻밖의 사태에 놀라 준호와 여대생이 기사를 붙잡았다. 기사는 최 주임이 가장 싫어하는, 결코 그의 앞에서 해서는 안 될 모욕을 하고 말았다.

"빌어먹을 예수쟁이 새끼!"

남아 있던 술기운에 분노라는 촉매제가 더해져서일까? 최 주임은 요오, 괴성을 지르며 있는 힘을 다해 기사에게 돌진했다.

왜소한 체구의 기사가 최 주임의 거구에 부딪혀 뒤로 쓰러진다. 준호와 여대생은 싸움을 말린답시고 기사의 몸을 잡고 있다가 한 덩어리가 되어 넘어진다.

준호는 불과 몇십 분 전의 순간과 똑같은 상황이 재현되고 있음을 직감했다. 은빛 피를 뚝뚝 흘리는 달이 눈을 감았다.

# 8

"이봐요! 괜찮아요? 정신 좀 차려봐요!"

누군가의 목소리가 들렸다. 깨어나기가 두려웠다. 하룻밤 사이 두 번이나 정신을 잃는 일도 흔하지 않은 경험이다. 준호는 기억에 남아 있는 끔찍한 장면이 모두 꿈이었으면, 기도했다. 그러나 정신을 차려보라고 재촉하는 목소리는 너무나도 생생했다.

준호는 눈을 떴다.

"괜찮아요? 하도 안 깨서 또⋯."

아줌마의 표정이 심상치 않았다. 다 포기해버린 체념만이 가득했다.

뻐근한 기운을 느끼며 몸을 일으켰을 때 준호는 모든 것이 현실임을 다시 실감했다. 곁에는 함께 버스를 탔던 사람들이 그대로 있었으며 유난히 빛나는 달도 그대로였다. 달라진 상황도 있다. 혼자 누워 있던 난동 아저씨의 시체 곁에 버스 기사가 나란히 누워 있다. 기사의 뒤통수는 바닥에 박혀 있던 뾰족한 돌에 부딪혀 박살이 난 상태였다. 시체 주변에는 기사의 머리에서 흘러나온 골수와 피가 달빛에 번들거렸다.

견디기 힘든 침묵이 이어졌다. 아줌마는 치마 속이 보이든 말든 개의치 않고 두 다리를 쩍 벌린 채 바닥에 퍼졌다. 여대생은 두 손에 얼굴을 파묻고 바닥에 쭈그려 앉았다. 최 주임은 행위 예술가라도 된 양 괴로운 자세로 옆에 있는 나무를 끌어안았다. 생머리 아가씨는 죽은 시체들을 보며 꼼짝도 않고 서 있었다.

설상가상으로 이어지는 사건 속에서 준호는 한 가지 깨달음을 얻었다. 시간을 멈출 수는 없다는 사실. 아무리 끔찍한 일이 일어나도 시간은 흐르고, 만물은 신의 섭리에 따라 움직이고, 때가 되면 배는 고파지고, 먹은 게 있으면 밀어내야 할 것도 있다.

준호는 천천히 일어나 덤불이 무성한 곳으로 다가갔다. 아무도 어딜 가냐고 묻지 않았다.

지퍼를 내리고 마음의 긴장을 풀었다. 요도 근처의 근육을 죄고 있던 혈관이 느슨해진다. 무겁게 차 있던 오줌이 명쾌한 줄기가 되어 덤불 속으로 떨어졌다.

그래. 아무리 대단한 일인 것 같아도, 별 것 아냐. 견디다 보면 언젠가는 기억에서도 희미하게 사라질 일들이야. 정신 차리자.

"빨리 여기서 빠져나가야겠소."

준호는 깜짝 놀라 오줌 줄기를 발에 갈기고 말았다. 최 주임이었다. 그는 곁에 서서 엄숙한 표정으로 방뇨를 하고 있었다. 준호는 볼일을 다 본 물건을 집어넣고도 한참 동안 얼떨떨한 상태로 서 있다가 사람들이 모여 있는 자리로 돌아왔다. 얼마 안 있어 최 주임도 돌아왔다.

"이제 어떻게 할 거죠?"

긴 생머리 아가씨가 억양 없는 목소리로 물었다. 최 주임이 대답했다.

"빨리 여길 빠져나갑시다. 여긴 사람을 미치게 만드는 곳이오."

여대생이 피식 웃었다. 아줌마는 뭔가를 중얼거렸다. 준호는 최 주임의 얼굴을 보자 참을 수 없는 분출감이 치밀어올랐다.

"잠깐만요!"

준호는 급한 걸음으로 달려가 나무를 붙잡고 구역질을 시작했다. 음식물도, 바퀴벌레도, 아무것도 나오지 않고 신물과 뒤섞인 침만 아랫입술 한쪽 끝을 잡고 길게 늘어졌다.

'씨발, 정말 구역질 나는군. 첨에 신고를 할 걸 그랬어. 그럼 적어도 정상참작은 됐을 텐데. 하지만 이젠 너무 늦었어. 너무!'

한참을 꺽꺽거리던 준호는 부드럽게 등을 두드리는 손길을 느꼈다. 고개를 들어보니 긴 생머리 아가씨가 달빛을 등지고 서 있었다. 그녀는 보일 듯 말듯 미소를 짓고 있었다. 머리 뒤에 일식(日蝕)처럼 숨은 달 때문에 그녀 얼굴에서 은빛 물결이 퍼져나오는 착각이 들었다.

"괜찮으세요?"

생머리가 물었다. 준호는 손바닥으로 입가를 대충 닦고 고맙다는 표시로 꾸벅 인사했다. 그녀는 발걸음을 돌려 다른 사람들이 있는 곳으로 돌아갔다. 준호도 뒤를 따랐다. 둘이 돌아오자마자 최 주임이 다시 입을 열었다.

"이러고 있을 때가 아니오. 빨리 여길 빠져나갑시다. 우리가 저 시체들과 관련이 있다는 증거는 아무것도 없어요. 지금 우리가 자릴 떠버리면 아무도 우리를 찾을 수 없어요."

"시체를 이렇게 산 속에 버리고 갈 순 없어요. 이 말, 아까 선생님이 한 얘기 아닌가요?"

나지막하지만 단호한 목소리의 주인공은 여대생이었다. 준호 역시 하고 싶었던 말이었다.

"모든 일에는 예외가 있는 법. 지금은 정말 어쩔 수 없는 상황이요. 정신들 좀 차려봐요! 내가 버스를 몰고 가겠소. 서울 적당한 곳에 버스를 세워놓고 각자 집으로 돌아가는 겁니다. 이 미친 밤 이전의 정상적인 생활로요. 오, 주여. 마귀의 늪에서 저를 꺼내주십시오!"

최 주임의 목소리는 점점 더 카랑카랑해졌다. 준호는 TV 고발 프로그램에서 본 사이비 종교 목사를 떠올렸다.

"진작 그랬으면 사람 목숨을 하나 아꼈을 텐데 죄책감조차 못 느끼나요? 아까 아저씨가 한 말들은 뭐죠? 죽은 사람을 이렇게 버리고 가선 안 된다, 정의는 법정에서 판가름 내려야 한다, 양심이니, 윤리니, 주 예수니 다 어디로 간 건가요? 우린 비겁했지만, 아저씬… 아저씬 살인을 한 거예요! 주님이 지금 보고 계세요!"

여대생의 목소리도 최 주임에 밀리지 않게 또랑또랑했다.

침묵이 흘렀다. 모두들 묵념이라도 하듯 입을 다물고 고개를 숙였다. 최 주임은 일부러 모두에게 들릴 만큼 큰 소리로 한숨을 쉬었다.

"주님은 용서하십니다. 주님의 사랑은 인간이 의도하지 않은 실수까지 다 징벌하실 만큼, 얇은 개울이 아닌 크나큰 용서와 자비의 대양이니까요. 모두에게 물어보겠소. 정말 내가 신고를 하길 바라오? 나도 처벌을 받겠지만 당신들도 무사하진 못할 거요. 경찰이 우리 증언을 있는 그대로 믿지 않을 가능성도 큽니다. 나 역시도 그 남자가 우연히 죽었다는 사실을 믿기 힘들었으니까. 수사가 잘못 풀려 우리 모두 실형을 살 확률도 적지 않아요. 사람이 둘이나 죽었소! 당신이 수사관이라면, 당신이 검사라면 사람이 두 명이나 죽은 사건을 어떻게 보겠소? 게다가 시체를 끌고 인근 야산에 유기하려고까지 했잖소?"

결국 여대생의 양심은 공포를 이기지 못했다. 그녀는 허물어지는 신음을 냈다. 의기양양해진 최 주임이 기세등등하게 공세를 폈다.

"자! 지금 이 산을 내려간다면, 그리고 오늘 밤의 악몽을 잊고 더욱 열심히 새 생활에 임한다면 우리에겐 아무런 피해도 없을 거요. 벌써 자정에서 30분이 지났소. 어떻게 할 거요?"

아줌마가 일어섰다. 그녀는 엉덩이에 묻은 흙을 툭툭 털어내고 올라왔던 길을 따라 내려가기 시작했다. 최 주임이 아줌마의 뒤를 따라가 앞장서 길을 안내해주었다.

"우리도 가요."

준호가 여대생과 생머리 아가씨를 돌아보고 말했다. 준호가 먼저 일어나서 걸었다. 사람의 발길이 없는 야산, 그것도 달빛에만 의지해서 내려가야 하는 길은 몹시 험했다. 몇 번 발이 미끄러진 생머리 아가씨가 어느 순간 준호의 팔짱을 꼈다. 준호는 그녀와 함께 걸었다. 한 걸음 한 걸음 돌이킬 수 없는 길을.

버스가 보였다.

# 9

 

최 주임이 핸들을 잡았다. 아직 술이 깨지 않았을까 봐 걱정한 사람들이 말렸지만 결국 그가 핸들을 잡았다. 온갖 난리를 치면서 술이 많이 깼겠지만 그래도 만취 상태였던 사람치고는 매우 안정적인 운전 실력이었다. 서울로 가는 내내 버스 안은 그저 정적뿐이었다.

여대생의 전화가 한 번 울리기는 했다. 전화를 받으면서 최대한 소리를 죽였지만 워낙 차 안이 조용해 모두 여대생의 목소리를 들었다.

"어, 지금 들어가요. 과외가 너무 늦게 끝나서. 곧 도착하니까 먼저 주무세요. 네? 아니에요. 그냥 감기 기운이 있어서 목소리가 좀 그럴 뿐이에요."

고속도로에서 빠져나와 양재동을 두 정거장쯤 앞둔 곳에서 버스는 천천히 멈췄다. 모두들 정지의 의미를 알았다.

— 이제 미친 버스에서 내려 일상으로 돌아간다. 만약, 가능하다면.

시계는 정확히 새벽 1시를 가리키고 있었다. 버스가 완전히 멈췄는데도 다들 쉽게 내리지 못했다. 일말의 양심 때문이었다. 버스에서 내리는 순간, 악행을 완결 짓는 마침표를 찍는 셈이다.

운전석에 앉아 있던 최 주임이 복도에 섰다.

"오늘 밤의 기억은 영원히 지워버립시다. 남은 생에서 혹시 다시 마주치는 일이 있더라도 서로를 위해 모른 체합시다. 어리석은 짓을 하지 않길 바라며. 그럼 다들 건강하십쇼. 주님의 가호가 있기를."

최 주임은 정치인의 고별사라도 하듯 엄숙하게 연설했다. 그는 꾸벅 인사를 하고 버스에서 내렸다. 여대생은 뒤도 돌아보지 않고 버스에서 나갔다. 잠시 후 아줌마가 버스 안을 한번 휘둘러본 후 어정쩡하게 인사를 하고 따라 내렸다. 준호도 자리에서 일어났다. 힐긋 돌아보니 생머리 여자도 일어서는 모습이 보였다.

버스에서 내렸다. 최 주임은 벌써 어디로 사라졌는지 안 보였다. 아줌마와 여대생은 멀리서 택시를 잡고 있었다. 외진 장소에 늦은 시간이다. 인적이 없는 만큼 택시를 잡기도 쉽지 않을 것 같아 걷기로 마음먹었다. 준호는 가방에서 CD 플레이어를 꺼내 이어폰을 귀에 꽂았다. 아직 MP3가 등장하기 전이라 CD플레이어가 대세였다.

준호는 핑크 플로이드의 〈Dark Side of the Moon〉 앨범을 들으면서 걸었다. 데이비드 길무어가 엄숙하게 노래했다.

— 그대가 만진 모든 것. 그대가 본 모든 것. 그대가 맛본 모든 것. 그대가 느낀 모든 것. 그대가 사랑하는 모든 것. 그대가 증오하는 모든 것. 그대가 불신하는 모든 것. 그대가 구한 모든 것. 그대가 준 모든 것. 그대가 거래한 모든 것. 그대가 사고, 구걸하고 혹은 훔친 모든 것. 그대가 창조한 모든 것. 그대가 파괴한 모든 것. 그대가 행한 모든 것. 그대가 말한 모든 것. 그대가 먹은 모든 것. 그대가 만난 모든 사람들. 그대가 깔본 모든 것. 그대와 싸운 모든 사람들. 현재 있는 모든 것. 사라진 모든 것. 다가올 모든 것. 태양 아래 모든 것이 정돈되어 있지만. 태양은 달에 의해 가려진다.

가로등 불빛에 긴 그림자가 드리워졌다. 그림자는 하나가 아닌 둘이었다. 그래서 생머리 아가씨가 따라오고 있음을 알았다. 돌아보지 않고 계속 걸었다. 그녀의 그림자도 계속 뒤를 따라왔다.

핸드폰을 꺼내 여자친구에게 전화를 했다. 몸살 기운이 있다며 먼저 자겠다고 하더니 역시 전화를 받지 않았다. 그는 메시지를 남겼다.

— 나야, 준호. 좀 늦었지? 집 앞에서 오랫동안 못 본 친구를 우연히 만나서 맥주 좀 마시고 들어오는 길이야. 음… 그래, 잘 자고. 내일 통화하자. 그럼 계속 잘 자.

준호는 생각했다.

시간이 지나면 다 해결될까? 늙어서 죽을 때쯤 되면 애써 기억하려 해도 떠오르지 않을 만큼 희미한 기억으로 남으려나? 과연 내가 옳은 판단을 내렸을까? 옳지는 않겠지. 시체를 두 구나 산에 버리고 왔는데.

그렇다면 최소한 현명한 판단은 내린 걸까?

준호는 걸음을 멈추었다. 뒤를 따르던 그림자도 멈춰 섰다. 준호가 돌아보았다. 생머리 아가씨는 금방이라도 주저앉아 울음을 터뜨릴 표정이었다. 준호가 물었다.

"혹시 절 따라오고 계신가요?"

"네에."

준호는 말없이 고개를 돌리고 다시 걸었다. 아까보다는 좀 더 빠른 걸음이었는데 그녀도 똑같이 속도를 맞춰 따라왔다. 10분쯤 걷다 보니 양재역으로 넘어가는 다리가 나왔고, 다리를 건너고 나니 편의점이 나타났다. 준호는 편의점에서 담배를 사들고 나왔다. 여자는 편의점 앞에 쭈그리고 앉아 있었다. 그녀 곁에 서서 담배에 불을 붙였다. 아무 말도 없이 한 대를 다 태웠다. 담배를 처음 배우던 순간처럼 현기증이 났다.

"신고하실 생각입니까?"

준호의 질문에 여자는 고개를 들었다. 준호는 눈을 마주치지 않으려했다. 그녀는 고개를 내저었다.

"무슨 안 좋은 일 있으신가 봐요?"

대답이 없었다. 준호는 다 피운 담배꽁초를 어떻게 할까 망설이다가 그냥 바닥에 던져버렸다. 그녀는 조용히 일어나 준호 앞에 섰다.

"오늘 밤 같이 있어 주실래요?"

준호는 쉽게 대답하지 못했다.

"부탁이에요."

여자의 목소리는 또렷했다. 홧김에 하는 말이 아니라는 것을 증명하려듯.

준호는 여자의 손을 잡았다. 천천히 대로로 나갔다. 택시를 잡는 동안 둘은 손을 놓지 않았다. 택시를 잡는 데까지 시간이 좀 걸렸지만 도로에 차들이 없어 곧 그녀가 사는 논현동에 도착했다.

# 10

그녀의 원룸은 예상보다 밝은 분위기였다. 하얀 벽지의 방에는 〈베티 블루〉영화 포스터 액자가 걸려 있었다. 책상 위 벽시계에서는 미키 마우스의 두 다리가 1초에 한 번씩 움직였다. 깨끗하게 시트가 정리된 침대, 꽤 많은 옷가지가 가지런히 정리된 옷걸이, 깔끔하게 닦은 싱크대와 가스레인지, 책과 CD들이 단정하게 꽂혀 있는 장식장.

책상 위 어떤 남자와 함께 찍은 사진이 액자에 들어 있었다. 깔끔하게 생긴 남자는 환하게 웃는 얼굴이었다. 그녀는 수줍은 미소를 띠고 남자의 품에 안겨 있었다. 문득 아차 싶은 생각이 들었다.

이봐. 지금 여기서 뭘 하고 있어? 미쳤어? 그런 엄청난 짓을 하고 나서 처음 보는 여자의 집까지 따라 들어와?

보통 때였다면 오히려 이런 일이 없었을 테다. 불안감에서 탈출하기 위한 도피 심리 때문이라고 생각했다. 함께 비밀을 공유한다는 기분도 있었다. 위급한 상황일수록 후손을 번식하고 싶어 하는, DNA에 새겨진 수컷의 본능 때문일지도 몰랐다. 공포와 불안과 죄책감을 잊기 위한 마취제가 필요했을지도 모른다. 어쨌든 준호는 그녀를 따라왔다.

그녀가 샤워하는 물소리가 들렸다. 쿵쿵쿵. 가슴이 뛰었다.

동시에 여자친구 생각이 났다. 지효선. 한편으로 생각하면 평범하고 또 한편으로 생각하면 착하고 단정한 친구였다. 1년 전 친구가 주선해준 소개팅으로 만났다.

— 진짜 괜찮은 애니까 잘 해봐.

소개팅을 주선해준 친구는 예쁜 애라는 표현 대신 괜찮다는 표현을 썼다. 막상 만나보니 예쁘고 괜찮은 아이였다. 상식과 윤리에 어긋남이 없었다. 남자를 대하는 태도도 상식적이고 윤리적이어서 준호를 받아들이기까지 오랜 시간 구애에 쏟는 열정과 진심을 지켜보았다.

효선에게 생각이 미치자 준호는 얼굴을 찡그리며 한숨을 짧게 내쉬었다. 1년 동안 다른 여자와 바람을 핀 적은 한 번도 없었다.

미안해, 효선아.

어차피 살인사건에 관한 일도 숨겨야 했다. 산 속에 버려져 있을 시체들의 모습이 떠오르자 여자친구에 대한 죄책감이 사라지고 더 큰 강도의 불안이 준호를 짓눌렀다. 샤워를 마친 그녀가 다가온 줄도 모르고 준호는 관자놀이를 힘주어 주물렀다.

"괜찮으세요?"

준호는 반사적으로 고개를 돌려 그녀를 보았다. 순간 숨이 턱 막혔다. 그녀는 집에서 편하게 입는 면 원피스 차림이었다. 깊게 파진 가슴골이 드러났다. 밖에서 봤을 때는 조금 마른 편이라고 생각했는데 부담스러울 정도로 볼륨 있는 몸매였다.

그녀는 의외로 자연스럽고 편안한 표정으로 준호를 대했다.

"샤워 하실래요?"

준호는 쉽게 입을 열 수 없었다. 그녀가 다시 물었다.

"제가 불편하세요?"

"아, 아니오. 갈아입을 옷이 없어서요."

"아, 내 정신 좀 봐."

그녀는 준호의 곁을 아슬아슬하게 스쳐 붙박이장의 문을 열었다. 허리를 굽히고 뭔가를 찾고 있는 그녀의 뒷모습을 보며 준호는 마른 침을 삼켰다. 얇은 면 한 장을 사이에 두고 굴곡을 드러낸 그녀의 엉덩이를 보며 준호는 마지막으로 섹스를 해본 지가 1년이 넘었다는 사실을 떠올렸다.

상식적이고 윤리적인 많은 여자가 그러하듯 효선 또한 성관계에 있어 엄격한 편이었다. 스킨십에 있어서도 단계를 두었다. 만난 지 6개월 만에 첫 키스를 했고 가슴을 만지도록 허락한 지도 불과 한 달도 안 되었다.

준호의 남성은 고삐 풀린 망아지처럼 멋대로 고개를 들었다. 준호는 바지 안에 손을 넣어 안을 추스르고 허리를 굽혀 최대한 멀쩡한 상태로 위장했다.

"이거 입으세요."

그녀가 건네준 옷은 푸른색 체크무늬 반바지와 흰색 면 티셔츠 그리고 아직 포장도 뜯지 않은 팬티였다. 여자 혼자 사는 방에서 그렇게 완벽한 남자의 속옷 세트가 나왔다는 사실에 준호는 조금 당황했다.

"남자친구에게 선물하려고 준비한 건데. 새 거예요. 기분 나쁘시면…."

그녀는 아랫입술을 살짝 깨물며 고개를 숙였다. 젖은 머리카락이 하얀 얼굴 위로 흩어졌다. 그녀의 표정과 목소리에는 사람의 마음을 움직이는 마력이 있었다. 보호본능과는 조금 달랐다. 뜻대로 하지 않으면 그녀가 슬퍼할 뿐만 아니라 온 세상에 불행이 닥칠 것 같은 그런 처연함이었다.

"기분 나쁘긴요. 새 건데요, 뭐."

준호는 흔쾌히 옷가지를 받아들었다. 비로소 그녀도 미소 지었다. 그녀가 손을 쓱 내밀어 악수를 청했다.

"전 미나라고 해요. 유미나, 그쪽은요?"

"전 이준호예요."

가볍게 악수했다. 신경 쓰지 않으려고 해도 봉긋한 젖가슴 위로 색과 윤곽이 또렷하게 드러난 유두로 시선이 갔다. 하필이면 원피스가 흰색이었던 탓이다.

준호는 화장실에 들어갔다. 문을 닫자마자 변기 위에 털썩 주저앉았다. 길게 한숨을 내쉰 후 손에 들고 있던 옷가지를 수건걸이에 떨어지지 않게 잘 걸었다.

2002번 버스. 두 구의 시체. 집에서 잠든 괜찮은 여자친구. 자꾸만 이끌리는 처음 보는 여자. 같이 버스를 탔던 승객들은 지금 어떤 시간을 보내고 있을까? 정말 아무 일 없을까? 이 여자와는 이제 어떡하지? 제기랄. 머리가 뒤죽박죽이다.

옷을 벗고 샤워를 시작했다. 물줄기가 몸을 두드리자 기분이 조금 나아졌다. 몸에 비누칠을 하다가 딴짓을 시작했다. 풍성한 거품 속에서 미끌미끌한 성기를 잡고 천천히 펌프질을 했다.

언제 어디에서 봤는지 기억도 안 나는 포르노 비디오의 장면으로부터 시작한 영상은 점점 구체화되어 나이트클럽에서 만나 원나잇 스탠드를 즐겼던 여자의 몸이 떠올랐다. 하루가 멀다고 싸우면서도 속궁합은 끝내주게 좋았던, 헤어진 애인 소연의 신음이 귓가를 맴돌았다. 절정이 가까운 순간, 미나의 모습이 꽉 들어찼다. 미나가 천천히 옷을 벗는다. 하얀 육체가 겹쳐진다. 봉긋한 가슴과 당돌하게 선 유두, 새까만 잎사귀 아래 그를 기다리고 있는 꽃.

준호는 눈을 꼭 감고 절정을 느꼈다. 정액은 흔적조차 찾지 못하게 금방 샤워 물살에 쓸려 내려갔다. 조금 더 몸을 헹구고 샤워기 꼭지를 닫았다. 잘 마른 수건으로 몸을 닦아내고 옷을 갈아입었다. 마치 준호를 위해 준비해놓은 것처럼 몸에 꼭 맞는 새 속옷의 감촉이 좋았다.

화장실에서 나갔다. 미나는 침대에 누워 잠들었다. 이불도 덮지 않고 잠든 미나의 모습을 잠시 내려다보았다. 얇은 옷감의 표면 위로 고혹적인 곡선과 하얀 속살이 드러나 있다. 준호는 주먹을 꼭 쥐었다. 불과 몇 분 전에 맹렬하게 분출한 페니스가 다시 딱딱하게 굳어졌다.

안 되겠어.

준호는 벗어놓았던 옷을 집어들었다. 옷을 입고 방을 빠져나갈 생각이었다.

"함께 있어 주겠다고 오지 않았나요?"

미나의 또렷한 목소리에 준호는 엉거주춤한 자세로 굳어버렸다. 미나는 누운 채로 고개만 살짝 돌리고 반쯤 뜬 눈으로 준호를 보았다.

"죄송합니다. 전 남자거든요. 그러니까…."

준호는 다음 말을 잇지 못했다. 미나가 침대에서 몸을 일으키며 그의 말을 받았다.

"제가 죄송해요. 처음 뵙는 분한테. 게다가 아까처럼 끔찍한 일까지 겪고 난 후에…."

미나는 또 특유의 보호본능을 불러일으키는 표정으로 말했다.

"이상한 여자로 생각하지는 마세요. 그럼 더 비참해지니까요. 저는 다만 혼자서 오늘 밤을 견딜 수 없을 거라 생각했을 뿐이에요. 오늘은 제 스물여섯 번째 생일이었어요. 3년 동안 사귄 남자에게 버림을 받았어요. 돌아오는 길엔 제 눈앞에서 사람이 둘이나 죽었어요. 정말 근사한 생일이죠?"

미나의 목소리는 끊어질 듯하면서도 촉촉한 음성으로 이어졌다.

"가세요, 준호 씨. 전 괜찮아요. 어차피 혼자였으니까요. 가세요."

금방이라도 눈물이 쏟아질 것 같은 미나의 얼굴은 준호의 가슴을 무너지게 했다. 준호가 서둘러 말했다.

"여기 있을게요. 걱정하지 마세요."

미나는 환하게 웃으면서 침대에서 일어났다.

"고마워요!"

미나는 자기 옆자리를 준호에게 권했다. 준호는 들고 있던 옷을 책상 위에 내려놓고 침대로 가서 비스듬하게 벽에 등을 기대고 앉았다.

싱글 침대에 둘이 나란히 앉다보니 몸이 닿는 일을 피할 수 없었다. 막 감은 머리채에서 풍기는 달짝지근한 샴푸 냄새가 후각을 자극했다. 시선이 약간만 아래로 처지기라도 하면 원피스 가슴선 아래로 훤히 들여다보이는 미나의 앙가슴, 손을 대면 녹아내릴 것 같은 새하얀 계곡은 준호의 이성을 점점 무디게 만들었다.

초점 없는 시선으로 천장 한쪽 모서리를 응시하던 미나가 말했다.

"버스에서, 산 속에서 누워 있는 시체들을 보며 전 차라리 그들이 부러웠어요."

미나는 고개를 숙이며 두 손에 얼굴을 파묻었다. 절절한 흐느낌이 준호의 귀에 파고들었다. 준호는 오른팔로 미나의 어깨를 살며시 안았다. 미나는 준호의 가슴에 얼굴을 파묻고 실컷 울었다. 어느 정도 미나가 감정을 추슬렀을 때쯤 물었다.

"저기 책상 위에 있는 사진 속의 남자 때문이죠?"

미나는 대답 대신 준호의 가슴에 파묻힌 고개를 끄덕였다. 준호는 본격적으로 미나를 품에 안고 누웠다.

스물여섯 살 남자가 1년 만에 여자를 안고 누웠을 때 기분을 뭐에 비유하면 좋을까? 비유는 합당치 않다. 다만 혈관이 무한 확장했다, 정도로 표현하겠다.

"저녁에 그를 만났어요. 영화를 보고 저녁을 먹고 여관에 갔고, 여느 때처럼 섹스를 나눈 후에 아무렇지도 않은 목소리로 얘기하는 거예요. 이제 헤어지자고. 어떻게 그래요?"

미나는 잠시 동안 말을 잇지 못했다.

"전 고아예요. 어릴 때 사고로 부모님이 돌아가시고 저 혼자 남았거든요. 몇 명 되지도 않는 친척들도 다 지방에 살고 있고. 그래도 전 꿋꿋하게 살아남았어요. 그래봤자 약국 시다지만 직장도 있고. 하지만 여전히 한 남자의 신부가 되기에는 너무나도 초라한 존재인가 봐요."

준호는 천천히 미나의 등을 토닥거려 줄 뿐이었다. 미나는 준호의 등을 꽉 껴안았다. 뜨거운 눈물이 준호의 가슴에 묻었다.

"자기 집안에선 저를 받아들일 수 없대요. 하긴 이 세상에 제가 가진 거라고는 이 방 한 칸과 티코 한 대가 전부니까. 그는 서로를 위한 이별이라고 말했죠. 전 다시 이 세상에 홀로 버려졌어요."

미나의 흐느낌을 들으며 준호는 코끝이 시큰해짐을 느꼈다. 그녀의 등을 천천히 쓰다듬어주다가 문득 미나가 애타게 자신을 바라보고 있음을 알았다.

　젖은 눈동자가 점점 가까이 다가온다. 뜨겁게 달아오른 입술, 마주치는 혀끝의 느낌, 흐느낌과 환희의 신음이 뒤섞인 축축한 숨결.

　고개를 돌려 창밖을 바라보았다. 달이 차오른다. 일렁이는 물결 속으로 모든 이성과 질서가 침전한다. 두려움도, 갈등도, 슬픔도, 의식도 녹아내리고 무의식과 욕망의 힘이 밤을 지배한다. 남자와 여자가 있을 뿐이다. 남자도 여자도 스스로에게 속삭였다.

　걱정하지 마. 이제 다 잘 될 거야.

# 11

강숙자. 너 맘 단단히 먹어야 돼!

숙자는 깨진 그릇을 주워 담으며 자꾸만 흩어지는 마음도 함께 추슬러 담으려고 애썼다. 매일매일 준비하던 남편의 도시락을 깜빡 잊고 빼먹은 건 십수 년 만에 처음 있는 일이었다. 그리고 설거지가 끝난 그릇을 옮기다가 바닥에 떨어뜨린 것도 결혼생활 15년 만에 처음이었다.

숙자는 설거지를 하던 중이었다. 버스에서 헤어진 이들을 생각했다. 숙자에겐 그들의 흔적이 있었다. 가장 확실한 건 여대생의 핸드폰이었다. 핸드폰 뒤에 붙어 있는 스티커에는 집 유선 전화번호로 짐작 가는 번호가 적혀 있고 '선미의 핸드폰입니다. 꼭 찾아주세요!'라는 문구도 적혀 있었다.

버스에서 내리기 전에 주웠다. 급하게 내리느라고 그랬는지 여대생이 자리에 핸드폰을 놓고 내렸다. 숙자는 무슨 이유에선지 그 핸드폰을 챙기고는 돌려주지 않았다. 범죄학에서 보자면 공범들의 묘한 심리였다. 다른 사람의 정보나 약점을 알고 있으면 괜히 안심이 된다. 만약의 경우 유용하게 쓸 수 있으리라 생각하는 심리다.

최 주임도 숙자에겐 닿을 수 있는 거리에 있었다. 12층인 숙자의 아파트 거실에서 보면 그가 다닌다는 명성여고가 내려다보였다. 사실 전날 밤 최 주임이 술에 취해 자신이 명성여고의 윤리 선생이라는 말을 했을 때 혹시 동네에서 마주친 적이 있는 사람은 아닌가 깜짝 놀랐다.

숙자는 버스를 타기 전 일들을 떠올렸다. 그녀는 동네에서 계모임을 마치고 저녁 9시쯤부터 분당의 한 독신자 아파트에 있었다. 아파트의 주인은 이전에 숙자가 다녔던 테니스 학원의 코치 임강수.

서른 중반의 강수는 숙자가 다니던 아파트 테니스 클럽의 부코치였다. 몇 달 전에 분당 아파트 단지에 직접 테니스 클럽을 차리면서 숙자가 다니던 클럽 코치 자리는 그만뒀지만, 숙자는 한 달에 두세 번씩 강수의 독신자 아파트로 개인 교습을 받으러 갔다. 누가 볼까 두려워하며 숨어 들어가던 서울 근교 러브호텔보다는 분당 아파트가 드나들기 더 편했다.

# 12

"누님 몸은 왜 늙지가 않아요? 아직도 살결이 보들보들해."

강수가 숙자의 젖가슴을 주무르며 말했다. 숙자는 몸을 바르르 떨었다. 열흘 동안 답답하게 쌓여 있던 권태가 화르르 불타 없어지는 느낌이었다.

"강수가 이렇게 끓어 넘치는 힘을 주니까 그 덕에 젊어지잖아."

숙자는 콧소리 섞인 음성으로 속삭였다.

"우리 귀여운 누님! 유부녀만 아니면 당장 살림 차리고 싶어요."

강수는 숙자의 귀에 달콤한 언어를 읊으며 억센 힘으로 안았다. 숙자는 그날따라 유난히 집요한 욕망이 일었다. 알리바이를 깔끔하게 확보한 덕분에 마음의 여유가 있어서였다.

분당으로 오는 버스 안에서 남편에게 전화를 했다. 일산에 있는 친정에 있다가 늦게 오겠다고 대충 핑계를 댔다. 남편은 둔한 구석이 있는 데다 숙자의 말이라면 무조건 믿는 터라 '먼저 자고 있을 테니까 조심해서 들어오라'는 말을 남기고 전화를 끊었다.

강수는 몸이 좋았다. 테니스를 비롯한 각종 운동으로 다져진 구릿빛 몸은 들짐승의 몸처럼 위험하고 단단했다. 게다가 탐욕스러웠다. 숙자는 여느 때처럼 눈을 감고 강수의 리드에 몸을 맡겼다. 강수의 뜨거운 뿌리가 몸에 들어오는 순간 눈을 감고 비명을 질렀다.

"누님, 결핵이라도 걸렸어요?"

"뭐? 결핵? 갑자기 무슨 소리야?"

"결핵에 걸리면 시도 때도 없이 하고 싶다는데. 남편이랑은 요즘 좋아요?"

"한 달에 한 번 할까 말까야. 워낙 일벌레라서. 사람은 좋은데. 아악."

절정의 순간이 지나가고 둘은 나란히 누웠다. 숙자는 강수의 가슴에 머리를 얹고 젊은 남자의 심장 박동을 느꼈다. 우렁찬 군화발 소리를 떠올렸다. 문득 TV에서 본 나치스 부대 도열 장면이 떠올랐다.

더 누워 있고 싶었지만 일어나 부엌에서 커피를 타 가지고 왔다. 강수의 습관 때문이다. 강수는 섹스를 하고 바로 커피 마시기를 좋아했다. 그리고 담배 한 개비를 곁들인다.

숙자는 커피를 마시면서 담배를 피우는 강수의 몸을 꼭 끌어안았다. 요즘 들어 불안이 커졌다. 1년쯤 끌어온 강수와의 관계가 언제까지 유지될지 불안했다.

남편도 바보가 아닌 이상 언젠가는 내 비밀을 알아차릴 텐데.

그런 생각을 하면 정신이 아득해졌다. 숙자는 자신을 사랑한다는 강수의 말을 믿지 않았다. 그를 찾는 발길을 끊지 못하는 이유는 오직 쾌락 때문이었다.

그렇게 침대 위에서 몇 시간을 더 보내고 나니 11시가 훌쩍 넘어갔다. 하루 저녁에 세 번이나 섹스를 했지만 숙자는 오히려 원기를 더 충전했다. 샤워를 하는 동안 휘파람까지 불었다.

강수가 버스 정류장까지 바래다주었다. 걸어가면서 그는 아무렇지도 않게 부탁을 꺼냈다.

"누님, 눈 딱 감고 2천만 해줘요."

숙자는 가슴이 철렁했다. 올 것이 왔다는 기분이 들었다.

강수는 테니스 코치로 평생 먹고 살기엔 전망이 없다며 사업을 시작하겠다고 했다. 그러면서 기가 막힌 아이템이라며 사업 구상을 들려주었다. 이태리로 직접 가서 명품 니트류를 전문으로 떼와서 팔겠다는 계획이었다. 같이 비즈니스를 할 파트너도 있고 사업을 시작하기 위해 자금이 필요한데 조금만 보태달라는 말이었다.

"딱 1년만 쓰고 두 배로 갚아줄게요. 누님, 나 알잖아. 말하면 꼭 지키는 거."

그 자리에서 뭐라 답하기 곤란했다. 잠깐만 생각해보겠다며 둘러대고 숙자는 2002번 버스에 올라탔던 것이다.

# 13

딩동. 초인종 소리에 숙자는 주워들고 있던 깨진 식기 조각을 다시 떨어뜨렸다. 부엌 싱크대 앞으로 난 작은 창을 통해 쏟아져 들어오는 맹렬한 햇살에 눈이 부셨다.

벨 소리는 다시 이어졌다. 이번에는 '아무도 안 계세요?' 하는 목소리까지 들렸다. 처음 듣는 젊은 남자의 목소리였다.

숙자는 부엌 바닥에 주저앉았다. 아예 뒤로 누워버렸다. 그녀는 깨달았다. 인생은 저글링과 비슷하다는 사실을. 여러 개의 공을 동시에 잡으려고 하면 다 놓치기 십상이다. 평화로운 일상과 짜릿한 경험은 함께 쥐기 힘든 공이다. 마찬가지 논리로, 무던하면서도 동시에 재미있는 남편, 자상하면서도 바람기는 없는 남편은 드물다. 숙자는 평화로운 일상과 무던한 남편에 만족하지 못해 일탈을 선택했다.

만약 하나를 버리고 하나를 선택하라고 했다면 그렇게 하지 않았을지도 모른다. 아무도 모르게 둘 다 누릴 수 있을 줄 알았다. 권태롭긴 하나 평온한 일상과 짜릿하지만 위험한 관계가 함께 공존할 줄 알았다.

이제 생각해보니 어젯밤 사고는 예견된 징벌일지도 몰라.

숙자는 기도했다. 벨을 누른 사람이 벌을 집행하러 온 사람이 아니기를. 수도 검침원이거나 설문조사원이거나 신문사 영업사원이기를.

세 번째로 울린 벨 소리에 숙자는 몸을 일으켰다. 현관문 앞으로 다가가서 물었다.

"누구세요?"

목소리가 잘 나오지 않았지만 최대한 애를 써서 소리를 키웠다.

"안녕하세요? 이재준이라고 합니다. 강숙자 어머님 댁 아닌가요? 경수 어머님 소개로 왔거든요."

숙자는 안도의 한숨을 내쉬었다. 며칠 전 같이 에어로빅을 하는 친구가 했던 얘기가 기억났다.

— 컷코라고, 주방용 칼 만드는 미국 회사야. 우리 조카가 한국 지사에서 영업 인턴으로 일하거든. 한번 들르게 할 테니까 부담 없이 얘기나 들어봐. 물건은 꼭 안 사도 돼. 그런데 나도 써보니까 칼이 좋긴 좋더라, 정말.

숙자도 마침 주방도구를 새로 사려던 계획을 갖고 있던 참이어서 별생각 없이 들러보라고 승낙한 적이 있었다.

가벼워진 마음으로 문을 열었다. 현관문 앞에는 20대 초반으로 보이는 깔끔한 외모의 남자가 서 있었다. 재준은 숙자를 보자 꾸벅 인사를 했다.

"들어와요. 경수 엄마한테 얘기 들었어요."

"네."

숙자는 차라리 재준이 반가웠다. 어젯밤 일과는 아무 관련이 없는 사람. 일상이 변함없이 유지되고 있음을 증명해주는 외판원의 등장이 고마웠다. 깨진 그릇 조각들을 몇 초 만에 후딱 주워담고 여느 때처럼 능숙한 솜씨로 커피를 두 잔 타서 거실로 가져갔다.

"드세요. 제가 커피는 좀 잘 타요."

"고맙습니다. 어머님."

숙자의 눈으로 보자면 재준은 아직 남자라기보다는 학생이었다. 영업 인턴을 한 지 얼마 안 되는 모양인지 어색한 표정으로 거실 테이블 앞에 앉아 있었다.

"편하게 있어요. 경수 엄마한테 얘기는 대충 들었고, 이름이 뭐라고?"

"네, 컷코예요. '자른다'라는 뜻의 '컷'이랑, 회사라는 뜻의 '컴퍼니'의 합성어구요."

"아니, 회사 이름 말고 학생 이름."

"아, 네. 저는 이재준이라고 합니다."

"집은 어디야?"

"네, 지금 분당에 살고 있어요."

숙자는 순간 놀랐다.

분당? 분당에 살고 있다고? 너도 2002번 직행버스를 타고 다녀? 어제 그 버스에서 무슨 일이 있었는지 알고 있니?

숙자의 머리에 다시 어젯밤 일과 관련된 생각이 핵구름처럼 펑펑 부풀어 올랐다.

왜 하필이면 어젯밤에! 누가 신고라도 하면 어떡하지? 경찰이 날 찾아낼지도 몰라. 나에게 묻겠지.

— 사건 현장인 2002번 버스는 어떻게 타게 되었죠? 남편의 증언으로는 친정에 간다고 했다던데.

— 네, 어제 친정에 다녀오는 길이었어요.

— 잠깐, 친정은 일산이던데 어떻게 2002번 버스를 탈 수 있죠? 솔직히 말하세요. 남편도 벌써 뭔가 이상한 낌새를 채고 계시니까, 이제 솔직하게 다 털어놓는 길밖엔 없습니다.

— 그래요? 사실 전 다른 남자와 그짓을 했어요. 내연남이 분당에 살거든요.

그럼 내 인생은 파멸이야. 남편도 아이들도 친구들도 날 더러운 벌레 보듯 하겠지. 가족에게 버림받은 나는 가난하고 외롭고 추하게 늙어가겠지. 다 지워버리고 싶어. 다신 강수를 만나지 말아야지. 내가 갑자기 연락을 끊어버리면 혹시 놈이 남편에게 이르지는 않을까? 강수는 교활한 놈이잖아? 아마 돈 때문에 내가 자기를 등진다고 여기겠지. 남편에게 이르겠다고 협박하면서 돈을 요구하면 어떡하지? 개자식. 나에게 돈을 요구하다니. 결국 돈이었던 거야? 도대체 무슨 생각으로 강수 같은 놈이랑 이 지경까지 이른 거야? 오, 이런! 지진이라도 일어나서 어제 같이 버스를 탔던 사람들도, 강수도 전부 죽어버렸으면 좋겠다.

숙자의 생각은 끝없이 꼬리에 꼬리를 물고 흘러갔다. 불륜을 알게 된 남편의 모습이 떠올랐다. 남편의 고함이 들리는 듯했다.

— 더러운 똥갈보 년, 나가 뒈져버려라!

재준은 넋이 나간 표정으로 턱을 떨고 있는 숙자를 보고 적잖이 당황했다.

"어머님. 어디 편찮으세요? 다음에 올까요?"

"아냐. 그래, 물건을 좀 볼까?"

재준은 그제야 들고 왔던 가방 지퍼를 열었다. 뭔가 묵직해 보이는 덩어리를 둘러싸고 있는 붉은 천을 풀었다. 칼이 있었다. 전부 열 자루의 칼들은 손잡이가 흰색이라는 공통점을 제외하면 전부 생김새와 크기가 달랐다.

"먼저 저희 회사를 간단히 소개하겠습니다. 1949년부터 생산을 시작해서 오늘날 미국에서 가장 큰 주방용품 회사 중 하나고요, 1년에 15억 달러가 넘는 판매량을 기록하고 있지요. 옛날 레이건 대통령이 소련의 고르바초프를 처음 만났을 때 준 선물도 바로 여기 보이는 이 칼 세트거든요."

재준은 고급스러운 나이프 세트 사진을 가리켜 보였다.

"칼 손잡이가 특이하죠? 직접 한번 만져 보실래요?"

숙자는 식칼로 보이는 칼을 들어보았다. 플라스틱 같기도 한 칼자루는 너무 무겁지도 가볍지도 않았고, 굴곡이 잡혀 있어 미끄러질 염려도 없어 보였다.

"컷코 제품의 특징 중 하나인 핸들은요, 토마스 램 박사가 700명 이상의 사람들을 상대로 연구해서 만든 디자인입니다. 유니버셜 지록 핸들이라고 하는데, 어떤 각도에서 잡더라도 미끄러지지 않고 부담이 없지요. 손잡이 원료는 볼링 공 만드는 재료입니다."

재준은 한참 동안 자기가 들고 온 칼이 얼마나 뛰어난 성능을 갖고 있는지, 또 회사의 신용과 품질 보증 제도에 대해서 조리 있고 논리적인 설명을 진행했다. 사진 자료와 서류도 함께 보여주면서. 숙자의 시선은 눈부시게 날이 선 칼날에서 떨어질 줄 몰랐다. 열 개의 칼 중에서 제일 큰 칼이었다.

"이 칼은 어디에 쓰는 칼이지?"

"아, 막칼이요? 사골을 비롯해서 뼈를 다룰 일 많으시죠? 그럴 때 쓰는 칼입니다. 뭐든 잘라버립니다. 도끼 못잖아요."

숙자는 막칼을 집어들었다.

"직접 밧줄을 한번 잘라보세요."

그러면서 재준은 성능 시범용으로 가방에 넣어온 도마를 바닥에 놓고 그 위에 손가락 두께의 밧줄을 올렸다. 숙자는 어깨 위로 칼을 치켜들었다. 칼날에 반사된 햇살이 재준을 깜짝 놀라게 했다. 숙자는 높이 치켜든 칼을 그대로 휘둘렀다. 턱, 소리와 함께 도마 위에 있던 밧줄이

두 동강 났다.

착시현상이 생겼다. 도마 위에 반으로 잘린 강수의 페니스가 놓여 있다. 징글징글한 뿌리. 끊지 못할 마약. 숙자를 잡고 놔주지 않는 괴물. 이제는 삶의 낙이 아니라 위협으로 돌변한 개자식.

순간 설명하기 어려운 쾌감이 숙자의 손끝에서 팔목을 타고 심장까지 전해왔다. 어찌 보면 오르가슴과도 닮은 짜릿한 느낌이었다. 숙자는 회심의 미소를 지었다. 그리고 고개를 끄덕였다.

"칼이 좋네."

"마음에 드세요? 그럼 가격을 말씀드릴게요. 여기 클래식 세트 보이시죠?"

재준이 가리키는 팸플릿 사진에는 커다란 나무 블록에 스무 종류의 칼이 꽂혀 있었다.

"이건 다 해서 127만 원인데 보통 다 구입하진 않으세요. 그다음 세트가 로열 세트인데, 고급스러움과 실용성이 겸비된 세트죠. 그다음 단계의 세트는 딜럭스 세트인데, 이 세트는 내용물에 비해 엄청나게 싼 가격에 보급해 드리고 있습니다. 지금까지 말씀드린 세트 중 어느 것이라도 오늘 구입하시면 동전도 손쉽게 자르는 슈퍼 가위와 우드 블록을 보너스로 드리고요…."

숙자가 손을 들어 재준의 설명을 끊었다.

"딜럭스 세트 좋네."

재준은 갑작스러운 구매 결정에 멈칫했다. '어머님의 옷 한 벌 값이면 수십 년 동안 주방 일을 몇 배로 편하게 할 수 있다'는 말도 아직 안했고, 컷코의 품질 보증 제도가 얼마나 완벽한지를 확신시켜주는 과정도 남아 있었다. 무엇보다도 중요한, 컷코가 다른 칼 브랜드와 차별되는 가장 큰 이유를 아직 얘기하지 않았다.

최종 마무리가 '사람의 손으로 이루어지는 컷코의 칼에는 장인의 혼이 영원히 살아 있게 됩니다. 물건이 아니라 살아 있는 영혼과 의지를 가진 생명체인 셈이죠.'였다.

재준은 얘기를 해줄까 말까 하다가 입을 다물었다. 숙자는 길쭉한 칼을 들었다. 번쩍거리는 칼날을 보며 중얼거렸다.

"칼이 불을 뿜네."

# 14

선미는 거울에 비친 자신의 모습을 한없이 들여다보았다.

서양화를 전공하는 스물두 살의 대학생. 미인이라고 할 만큼은 아니지만 귀여운 매력을 가진 얼굴이다. 윤기 있게 찰랑거리는 긴 머리칼과 반짝이는 눈동자는 여리게 생긴 인상에도 불구하고 선미를 건강하게 보이게 했다.

그러나 하룻밤 사이에 눈동자는 생기를 잃었다. 감지 않은 머리도 귀신 머리 모양 축 늘어져 있다.

어떻게 잠이 들었는지 기억나지 않는다. 새벽 1시가 훨씬 넘어 택시를 잡았다. 부모님이 깨지 않게 조심스럽게 열쇠로 문을 따고 들어와서 샤워를 했다. 가슴에 담은 비밀이 부담스러워 일기라도 쓰려고 했지만 혹시 누가 보기라도 하면 어떡하나 싶어 그러지도 못했다. 다른 이에게 털어놓는 건 더 위험했다. 선미는 스스로를 다독였다.

'선미야. 아무도 널 몰라. 혹시 무슨 일이 생긴다 해도 널 찾아내지는 못해.'

막 자려고 누웠는데 핸드폰이 보이지 않았다. 입었던 옷, 가방, 방 곳곳을 아무리 찾아도 없었다. 어딘가에 흘렸음이 틀림없다. 이럴 수가. 예전에 핸드폰을 잃어버렸다가 찾는데 고생을 한 탓에 핸드폰 뒤에 집 전화번호까지 적어놓았다는 사실도 떠올렸다.

숨이 막혔다. 자신의 핸드폰으로 전화를 걸어보았지만 전원이 꺼진 상태였다.

분명히 배터리가 꽤 남아 있었는데. 그렇다면? 누군가 전화기를 고의로 껐다. 아, 어떡하지?

선미는 침대에 누워 이불을 뒤집어쓴 채 울었다. 새벽 3시가 넘도록 뜬눈으로 고통스러운 시간을 곱씹었다. 그러다 마루로 나갔다. 소파 구석에 잠든 애완견 앵도를 방으로 데리고 와서 품었다. 마르티스 종인 앵도는 주인의 심정을 아는지 모르는지 치렁치렁하게 털이 늘어진 꼬리를 흔들며 재롱을 부렸다.

앵도야, 미안해. 언니가 나쁜 짓을 했어.

그러다 잠이 들었다. 실상 선미는 몹시 피곤했다. 아침에 뻐근하게 눈을 뜨자마자 가장 먼저 한 일은 샤워였다. 그것도 차가운 물로. 정신을 차리고 핸드폰 분실신고를 했다.

2학기 개강 하루 전이었다. 학교도 가야 했고 친구들과 약속도 있었지만 도저히 현관문 밖으로 나갈 엄두가 나지 않았다. 결국 몸이 아프다는 핑계를 대고 약속을 미뤘다.

침대 위에서 한참 뒹굴다가 멍하니 거실 소파에 앉아 있다 오후 1시쯤 라면을 끓여 먹었다. 원인 모를 허기 때문에 두 개나 끓여 국물 한 방울 남기지 않고 순식간에 먹어버렸다.

그리고 잠시 뒤, 선미는 제대로 씹지도 않고 밀어넣었던 라면 두 개를 고스란히 화장실 변기로 옮겼다. 쓰린 기운이 얼얼하게 남은 배를 움켜잡고 거실로 나왔다. 구조요청을 하는 기분으로 전화기를 집어들었다.

다 털어놓고 법의 심판을 받자. 어젠 내가 뭐에 홀렸나 봐. 왜 그런 무리에 휩쓸려 바보 같은 짓을 했을까?

전화기 숫자 1 버튼과 2 버튼을 노려보았다. 그러다가 수화기를 내려놓고 말았다.

"악!"

비명을 질렀다. 아무도 없는 집안에 선미의 비명이 울려퍼졌다. 겁먹은 앵도는 거실 소파 한구석에 숨었다. 목이 아플 정도로 소릴 지르고 나니 정신이 조금 들었다.

등줄기에 땀이 솟았다. 다시 수화기를 들었다. 겨우 1자를 눌렀다. 그다음 1자를 누르는 건 더 힘이 들었다. 마지막으로 2자를 누를 때는 눈물이 났다.

그러나 선미의 손끝은 버튼의 표면 위에만 머물 뿐 힘주어 누르지 못했다. 결국 실패했다. 전화를 끊고 울기 시작했다. 자리에서 일어나 화장실에서 세수를 했다.

선미야. 핸드폰은 대체 어디에 흘리고 온 거냐? 왜 하필이면 어제 같은 밤에. 설마 산에 흘리고 온 건 아니겠지? 아니야, 아니야. 버스에서 내리기 전에 엄마하고 통화를 했잖아. 택시에 놓고 내렸나 보다. 진짜 미치겠다.

거실로 나갔다. 빛이 싫어서 커튼을 닫아버렸다. 어둠이 싫어서 다시 커튼을 열었다.

냉장고에 있던 케이크를 먹었다. 다섯 쪽이나 되는 케이크와 우유 두 컵을 한꺼번에 먹어치웠다.

선미는 열심히 사는 여대생이었다. 과외를 두 개씩이나 하면서 용돈은 물론 따로 예금까지 해서 돈을 모았다. 등록금은 악착같이 장학금으로 해결했다.

선미는 넓은 의미에서 결벽주의자였다. 청결에 관한 부분이 아니라 삶에 오점을 남기기 싫어하는 성격이었다. 계획에 없던 일이 생기면 필요 이상으로 예민하게 반응하고 당황하는 성격. 같은 맥락으로 전날 밤에도 '아무 일도 없었던 것처럼' 하고 싶은 마음에 결국 불의와 타협했던 것이다.

앵도를 껴안고 소파에 누웠다. 멍하니 앉아 있다 보니 햇살이 눈에 거슬렸다. 강렬한 빛이 유독 선미 주위에만 머무는 것 같았다. 또 커튼을 닫았다. 다시 커튼을 열었다. 그렇게 커튼을 열고 닫기를 수십 번이나

반복하다가 화장실로 들어갔다. 변기를 붙잡고 우유와 케이크의 혼합
물을 다 토해냈다. 몇 번째 세수를 하는지 몰랐다. 앵도가 다가와 주인
의 발바닥을 핥으며 꼬리를 흔들었다.

# 15

명성여고의 교무실. 커다란 회의용 책상에 교사들이 앉았다. 학교의 실질적인 행정 및 학생 지도를 담당한 주임들이었다. 제일 윗자리에 교감을 중심으로 학과 주임들이 한쪽에, 일반 주임들이 다른 한쪽에 앉았다. 1학년 학생 주임 자리에 앉은 최 주임은 팔짱을 낀 채 입을 굳게 다물고 있었다.

"복장에서 가장 문제가 되는 것은 무조건 짧은 치마 또는 긴 치마가 아니라 그런 유행에 뒤따르는 힘의 문제라고 생각합니다. 유행을 따르지 않는 아이들이 오히려 촌스럽고 문제가 있다는 식으로 또래 집단의 분위기가 흐른다는 거죠."

두꺼운 갈색 뿔테 안경을 쓰고 짙은 화장을 한 2학년 학생 주임이 딱

딱 끊어지는 목소리로 발표를 마쳤다. 영어 주임을 맡은 김 선생이 손을 들었다. 주임 선생 중에서 가장 젊은 축인 그는 파리한 인상에 큰 눈을 갖고 있는 얼굴에 무척이나 개방적인 교육철학으로 여고생 사이에 인기가 많은 편이었다.

"제 생각은 조금 다릅니다. 유행이라는 게 조금만 각도를 달리해서 보면 애들의 자기표현이거든요."

"교복 치마를 술집 여자처럼 치켜 입는 게 자기표현인가요?"

2학년 학생 주임이 날카로운 목소리로 김 선생의 말을 끊어버렸다.

"아니 그러니까 제 말은 모든 유행이 다 허용되어야 한다는 말이 아니라 학생들의 개성 표현에도 존중할 부분은 존중해줘야 한다는 얘깁니다. 예를 들면…."

김 선생의 말을 듣고 있던 교감이 이제 됐다는 듯 손을 들어 발언을 중지했다. 김 선생은 한숨을 쉬고 자리에 앉았다.

"여러 의견을 들어봤는데, 그럼 어떻게 다루어야 하겠소? 어느 정도 선에서 그 거시기를 통제해야 할 것이냐, 뭐 그런 거지요. 최 주임, 어떻게 생각하시오?"

다들 최 주임에게 시선을 돌렸다. 최 주임은 교내 초강경 보수 세력의 핵심이었다. 열린 학교, 신세대, 자율 등의 단어들은 그에게 있어 말라비틀어진 헛소리에 불과했다. 학생을 대할 때 그의 유일한 모토는 신상필벌(信賞必罰)이었으며, 사상적 기반은 철저한 계몽주의였다. 게다가 말하기를 좋아해 교무회의의 마지막 발언은 항상 그의 몫이었다.

그런 최 주임이 고개를 숙이고 가만히 있다. 곁에 앉아 있던 2학년 학생 주임이 팔꿈치로 툭 치자 최 주임은 번쩍 고개를 들고 말했다.

"주 예수는 저의 실수를 용서하실 겁니다!"

다들 놀랐다. 최 주임은 이마에 땀까지 흘리고 있었다. 누구보다 최 주임 본인이 제일 놀랐다.

"잠깐 세수 좀 하고 오겠습니다."

최 주임은 자리에서 일어나 황급히 교무실을 나갔다. 화장실로 달려가 정신없이 세수를 한 뒤 거울을 들여다보았다. 허옇게 뜬 얼굴에서 물방울들이 떨어졌다. 세면대에 물을 가득 채우고 얼굴을 물속에 깊이 담궜다. 최대한 숨을 참았다가 고개를 들었다. 거친 숨을 몰아쉬며 비누를 오른손에 쥐었다.

괜찮아. 누가 알겠어? 아무도 못 봤다고. 그 여대생이 찜찜하긴 해. 자꾸 신고를 하려고 망설였으니까. 하긴 이젠 공범이 됐으니 쉽게 신고 못하겠지? 설령 신고한다고 해도 나를 어떻게 찾아내겠어? 안 그래?

많은 술꾼들이 그러하듯 최 주임은 몰랐다. 술에 취한 상태에서 자신이 명성여고 교사라고 떠들어댔음을.

화장실 벽 한쪽에 난 작은 창문으로는 강렬한 늦여름 햇살이 쏟아져 들어오고 있었다. 뱀파이어라도 된 것처럼, 햇살에 몸이 닿으면 몸이 타버릴 것 같다. 창문 밖 멀리 학교 건물에 박힌 학교 마크가 보였다. 그제야 카메라 플래시가 터지듯 기억이 났다.

— 난 명성여고에서 국민윤리를 가리치고 있는 최 주임이야. 마포 영

생교회 집사이기도 하고 말이야. 내 이름을 들어본 사람 있어? 그쪽에 선 모르는 사람이 없는데.

　최 주임의 커다란 손에 잡힌 비누가 형편없이 찌그러졌다.

　그랬지. 내가 그랬어. 모두 다 그 말을 들었지. 이 바보 같은 녀석. 무슨 수를 내야 해!

# 16

미나는 주진수 약사가 시킨 대로 골목 건너 자판기 커피를 두 잔 뽑아 왔다. 둘은 약국 카운터에 나란히 서서 커피를 마셨다.

미나는 중곡동에 있는 '밝은빛 약국'의 점원이었다. 흔히들 '약국 시다'라는 일본어 호칭으로 미나를 불렀다. 전문대학을 졸업하고 취직이 잘 되지 않았다. 아르바이트라고 생각하고 시작한 일인데 벌써 3년이나 됐다. 하루 종일 서 있어야 하는데다 근무 시간이 길어서 몸이 힘들었다. 게다가 최근 들어 미나를 대하는 약사의 태도가 미묘하게 변했다.

주 약사는 원래는 친절하고 유쾌한 사람이었다. 그런데 아내가 임신을 하고 출산을 하면서 조금씩 성격이 바뀌었다. 여자로서 미나는 그의 변화를 알아챘다. 지분거림이었다. 아내와의 성생활이 지겨워졌는지,

출산과 육아에 지친 아내가 성관계를 거부하기 때문인지는 모르겠으나 주 약사는 시간이 지나면서 점점 노골적인 태도로 미나를 지분거렸다.

전날 있었던 충격적인 사건 때문에 정신이 혼란스러웠던 탓에 미나는 여느 때와 달리 말이 없었다. 주 약사는 그런 미나의 태도가 불만인 듯했다.

"어이, 미스 유. 약 사러 온 손님들이 놀라겠다. 왜 정신 나간 사람처럼 그렇게 멍하니 있어?"

주 약사는 서른다섯이라는 나이가 믿어지지 않을 만큼 배가 튀어나왔다. 하얀 가운에 젤을 발라넘긴 짧은 머리, 무테 안경을 쓴 그는 슬쩍 미나 곁으로 다가왔다. 가뜩이나 좁은 카운터 뒤 공간에는 미나가 피할 데가 없었다.

"죄송해요. 몸이 좀 안 좋아서요."

"그래? 몸살이야? 기분도 꿀꿀한데 오늘 좀 일찍 문 닫고 술이나 한 잔 할까? 참치 좋아해? 내가 살게."

미나는 애매한 각도로 시선을 피하고 커피를 한 모금 마셨다. 그리고는 잘라 말했다.

"오늘은 좀 쉬고 싶어요."

"에이. 혹시 숨겨놓은 애인 땜에 그래? 지금 미나 씨 나이가 몇인데? 벌써부터 조강지처 노릇하면 오히려 역효과야. 지금 나이 땐 이 남자, 저 남자 겪어봐야 나중에 진짜 괜찮은 남잘 잡을 수 있다고."

주 약사는 엉뚱한 소리를 했다. 미나의 허벅지를 살짝 꼬집었다 놓았다. 미나는 아랫입술을 살짝 깨물었다.

　제 뒤에도 곁에도 아무도 없어서 이렇게 함부로 대하죠? 빽도 없고 돈도 없고 배운 것도 없고. 저랑 심심풀이로 엔조이하고 싶은 거잖아요? 집에는 아내와 아기가 있는데도.

"술도 좀 마시고 놀아줘야 피로도 풀리지. 새로 개발한 데 데려갈게."

주 약사는 집요하게 물고 늘어졌다.

"저녁때까지 몸이 좀 괜찮아지면 말씀드릴게요."

주 약사는 미나를 향해 비열한 미소와 역겨운 윙크를 던졌다. 마침 손님이 들어와 피로회복제를 찾았다. 미나는 약을 챙겨주면서 준호의 얼굴을 떠올렸다.

고마워요, 준호 씨.

# 17

준호는 정오가 다 되어서야 잠에서 깼다. 거실로 가서 냉장고에서 물통을 꺼내 벌컥벌컥 들이마신 후 식구들이 모두 나갔음을 확인했다. 그리고 담배를 찾았다. 창문을 열고 창틀에 팔꿈치를 괴고 담배를 피웠다. 하늘은 맑게 갰다. 뿌옇게 퍼지는 담배 연기를 보며 자신의 마음을 채우고 있던 어떤 색채에 대해 고민했다. 그건 붉은색이었다. 불, 피, 장미의 붉은색.

미나를 생각했다. 스물여섯. 준호와 동갑인 미나의 평범한 삶은 중학교 때 교통사고로 부모님이 한꺼번에 돌아가면서 구겨지기 시작했다. 그리고 진심으로 그녀를 사랑해준다고 믿었던 한 남자의 믿을 수 없는 철저한 배신. 준호는 미나를 안고 뜨거운 눈물을 손등으로 닦아주면서 미나가 겪어야 했던 고통과 좌절의 깊이를 절실하게 공감했다.

그리고 격렬한 정사가 있었다. 1년 동안 굶주렸던 수컷의 욕망을 남김없이 해소했다. 미나는 그동안 준호가 만났던 여자들과는 달랐다. 목숨을 걸고 섹스를 했다. 그런 몸짓이었다. 입을 맞출 때는 흐느끼고 남자를 맞이할 때는 부르르 떨었다. 가느다란 허리는 쉬지 않고 움직였다. 자지러질 것처럼 고개를 떨어뜨렸다 젖혔다 반복했다.

전날 밤의 흥분이 땀구멍 하나하나에 스민 모양이다. 생각만 해도 몸의 털이 일어선 준호는 '운명적인 만남'이라는, 젊은 남녀가 빠지기 쉬운 감정의 늪에 빠지기 직전이었다. 한 발짝만 더 가면 풍덩.

거실로 돌아온 준호는 소파에 앉아 우유를 한 잔 마셨다.

What a Night.

영어 표현이 떠올랐다. 전날 밤에 비한다면 지금까지의 평온한 일상은 시시하기 짝이 없을 정도였다. 지금껏 그가 경험한 삶의 의외성을 모두 합쳐도 어제 하룻밤의 공포와 엑스터시에 대적하지 못할 것이다.

집 전화가 울렸다. 소름이 돋았다.

어딜까? 설마 경찰서는 아니겠지?

잠시 전화기를 지켜보던 준호는 떨리는 손으로 수화기를 들었다.

"여보세요?"

"오빠? 나야. 효선이."

준호는 한숨을 길게 내쉬었다.

"아, 학교 잘 갔어. 효선아?"

"응. 지금 공강이라 전화했어. 오빠 핸드폰 꺼놨더라?"

"그냥 학교 가기 귀찮아서 집에 있으려고."

준호는 적당한 선에서 효선이 전화를 끊길 간절히 바랐다.

"하긴 뭐, 첫 주엔 수업도 제대로 안 하니까. 음성 메시지 들었어. 어젠 누굴 만난 거야? 고등학교 친구?"

누굴 만났느냐고? 시체들을 만났지. 나와 함께 그 시체들을 만든 사람들을 만났지. 달을 만났지. 그리고 달의 여신을 만났지. 그녀와 잤어.

"얘기했잖아. 몇 년 만에 고등학교 동창을 만났어. 군대 가기 전까지만 해도 되게 친한 놈이었는데."

"거짓말."

효선이 칼로 자르듯이 내뱉은 세 어절의 말에 준호는 심한 현기증을 느끼고 주저앉고 말았다.

어떻게 알았지? 응?

"농담이야, 오빠. 잡지책에서 읽었는데, 남자들이 외박하고 난 다음에 써먹는 제일 흔한 핑계가 오랜만에 만난 친구랑 술을 마시다가 어쩌고 하는 거래. 그 생각이 나서."

효선은 자신의 말이 정말 농담이었음을 확인시켜주는 깔깔, 웃음소리까지 곁들였지만 준호는 이미 급소를 찔리고 놀란 상태였다.

"내 말 못 믿냐?"

준호의 목소리는 차가우면서도 맹렬했다. 준호는 벌떡 일어나 거실을 서성거리기 시작했다. 효선은 애교 섞인 목소리로 준호를 달랬다.

"왜 소리를 지르고 그래? 미안해, 오빠. 장난이었어. 오빠 왜 그래?"

"그 친구 전화번호라도 가르쳐줄까? 확인해볼래?"

"미안해, 오빠. 난 오빠가 하는 말은 다 믿어. 오빤 거짓말 할 사람이 아니잖아, 그치?"

준호는 더는 말을 잇기가 힘들었다. 엉망이 된 상황을 대충이라도 마무리하고 전화를 끊어야 했다. 그런데 힘이 빠져서 뭐라고 할 얘기가 없었다. 흐음, 준호는 들리지 않게 한숨을 내쉬며 오른손으로 관자놀이를 주물렀다. 효선이 재잘거리는 소리가 들렸다.

"오빠, 내가 재밌는 얘기 하나 해줄게. 어떤 분식집에 김밥이랑 떡볶이가 살고 있었어. 근데 떡볶이는 김밥이 자기보다 인기가 많은 게 너무 샘이 났어. 그래서 어느 날 밤 아무도 몰래 김밥을 죽여버리기로 결심했어. 모두 잠든 후에 김밥에게 다가가 젓가락으로 김밥을 마구 찔렀지. 김밥 옆구리가 터져 참혹하게 죽은 모습을 확인하고 떡볶이는 다시 철판 위에 돌아와 편안하게 잠들었어. 다음날 아침이 됐는데 글쎄, 자기가 죽인 줄만 알았던 김밥이 떡볶이를 막 깨우는 거야. 놀라서 아무 말도 못하고 있는 떡볶이에게 김밥이 뭐라고 했게?"

준호는 멍한 얼굴로 정답을 기다렸다.

"떡볶이야, 떡볶이야. 어젯밤에 순대가 피살당했대!"

효선은 밝은 목소리로 깔깔 웃었다. 준호는 굳은 얼굴로 주먹을 불끈 쥐었다.

"안 웃겨? 오빠?"

"으흠. 정말 내가 몸이 안 좋은 거 같다. 이따 저녁에 다시 전화할게."

"내가 오빠 집 근처로 갈까? 맛있는 거 사줄게."

"괜찮아. 오늘은 그냥 하루 종일 쉬었으면 좋겠어. 내일 만나자."

"그래, 그럼. 푹 쉬어. 효선이가 오빠 빨리 나으라고 기도해줄게. 알았지? 사랑해!"

효선은 경쾌한 인사를 끝으로 뚝, 전화를 끊었다.

# 18

준호의 머릿속에는 젓가락에 사정없이 찔려 죽어 있는 순대의 모습
이 떠올랐다. 축 늘어진 순대의 흙갈색 덩어리는 어젯밤 준호 밑에 깔
려 죽은 남자의 시체로 변했다. 터진 옆구리에서 구더기들이 흘러나왔
다. 비슷한 모습으로 버스 기사도 그 옆에서 참혹하게 썩어가고 있다.
멍하니 그 모습을 바라보고 있는 준호에게 효선이 달려온다.

— 오빠, 취객과 버스 기사가 어제 피살당했대! 오빠 아무 상관없어,
그치? 난 오빠가 하는 말이라면 다 믿어. 오빠 어젯밤에 오랜만에 만난
친구랑 맥주를 마셨어. 그치?

준호는 입을 반쯤 벌린 채 고개를 끄덕인다.

— 그래, 오빠 그랬을 거야. 오빠 저 여자랑 섹스도 하지 않았지? 그

치?

효선이 손가락으로 가리키는 쪽을 보면 옷을 벗은 미나가 살짝 몸을 비튼 자세로 서 있다. 그녀의 유두와 음모가 보일 듯 말듯. 미나가 정면 으로 몸을 돌리고 다가온다. 준호 앞에 무릎을 꿇는다. 바지 지퍼를 내 리고 준호의 페니스를 두 손으로 감싼다.

그 모습을 보던 효선이 말한다.

— 난 오빠 말이라면 다 믿어, 그치?

준호는 효선에게 아무 말도 하지 못하고 그저 고개를 끄덕인다. 미나 는 준호의 페니스를 입에 머금는다. 도자기를 빚는 양 혀로 애무한다.

— 오빤 정말 믿음직스러워.

효선은 준호와 미나의 머리를 연달아 쓰다듬는다. 그리고 준호 앞에 뭔가를 내민다.

— 오빠, 이거 먹을래?

한 그릇의 죽이다. 희멀건 죽 안에서 뭔가가 꿈틀거린다. 정액의 분출 을 앞두고 몸이 달아오른 준호는 죽 그릇을 들고 꼼짝도 못하고 서 있 다. 뭔가 이상한 느낌에 아래를 쳐다보면 미나가 아닌 거대한 바퀴벌레 가 페니스를 잘근잘근 씹고 있다. 준호와 눈이 마주친 거대한 바퀴벌레 는 날개를 퍼덕이며 그에게 인사한다.

효선에게 구원을 청하려고 고개를 돌려보면 이미 그녀는 사라지고 없다. 죽 그릇 안에서 바퀴벌레가 한 마리 튀어나온다. 놀랍게도 그 바 퀴벌레는 날기 시작한다. 작은 그릇 안에서 수많은 바퀴벌레가 튀어나와 날아다닌다. 헤아릴 수도 없는 엄청난 수의 바퀴벌레가 이리저리 날아다니다가 준호의 입 속으로 줄지어 들어간다. 준호는 입을 다물고 싶지만 입 안에서 날개를 퍼떡이는 바퀴벌레들 때문에 도무지 입을 다물 수 없다.

끝없이 밀려드는 바퀴벌레로 가득 찬 준호의 배가 부풀어 오른다. 배 안에서도 수많은 바퀴벌레가 날개짓을 멈추지 않는다. 마침내 펑, 하는 소리와 함께 배가 터지고, 그 안에 있던 바퀴벌레들은 쾌활한 비상을 시작한다. 준호는 배에 구멍이 난 채로 죽어버린 자신의 모습을 본다. 취객과 기사 옆에 나란히 누워 썩어가는 자신의 시체를.

그만. 쓸데없는 상상은 이제 그만. 이러다 정신이 이상해지겠어.

준호는 거실을 이리저리 걸어 다니다가 진열장에 있는 양주병을 보았다. 시바스 리갈 한 병을 꺼내 커다란 글라스에 반쯤 채웠다. 몇 번 심호흡을 한 다음 눈을 감고 글라스를 비웠다. 식도가 타들어갈 것 같은 느낌을 꾹 눌러 참고 방으로 가서 침대 위에 누웠다. 잠이 들길 바랐지만 괴롭기만 했다.

# 19

서초경찰서 형사계 조인구 형사는 후배 민철과 함께 순댓국을 먹는 중이었다. 일흔이 넘은 할머니가 직접 국물을 끓여내는, 30년 전통의 식당이었다. 옛날 분위기가 물씬 나는 인테리어도, TV 대신 떡하니 자리 잡고 있는 낡은 라디오도 손님들로 하여금 과거의 공간에 와 있는 착각을 들게 하는 식당이었다.

"아무리 생각해봐도 희한해요. 그렇죠?"

민철이 밥을 먹다 말고 불쑥 물었다.

"뭐가?"

"버스 사건이요."

민철의 말대로 이상한 사건이었다. 신고가 들어온 것은 점심시간 두 시간 전. 사건 개요는 간단했다.

새벽 1시경 성남운수 소속 2002번 버스 11호차를 운전하던 기사 김운용은 종점으로 들어오는 길에 양재동 꽃시장 앞 정류장에 서 있는 2002번 버스 10호차를 발견했다. 2002번 버스는 낮 시간에는 10분 간격으로, 저녁 8시 이후에는 20분 간격, 심야 시간대는 1시간 간격으로 운행했는데 바로 앞에 출발한 차가 정류장에 서 있었던 것이다.

처음에는 고장이 나서 잠깐 세워놓은 줄 알았다. 그런데 버스 불이 모두 꺼져 있는 점을 이상하게 여긴 김운용은 자기 버스에 타고 있던 승객들에게 양해를 구하고 잠시 버스를 세운 후 10호차 버스에 들어가 보았다. 버스에는 아무도 없었다.

김운용은 운행을 마치고 차고지에 들어온 뒤 운행일지에 이런 사실을 기록했다. 그리고 일단 10호차 버스도 차고지에 갖다놓은 뒤 퇴근했다. 그리고 다음날 아침 바로 배차를 책임지는 박 주임에게 자초지종을 알렸다.

박 주임은 10호차 기사인 공선중의 집으로 전화를 걸었다. 그러나 집에서도 남편이 들어오지 않는다며 발을 구르고 있는 상황이었다. 공선중은 핸드폰은 없고 삐삐만 갖고 다녔기에 연락할 방법이 없었다.

가족들은 회사 측과 함께 공선중의 소재를 파악하려고 했으나 워낙 운전과 집밖에 모르던 사람이라 딱히 갈만한 데가 짐작도 되지 않았다. 결국 부인과 박 주임이 함께 찾아와서 오후에 실종 신고를 냈다. 사건은 조인구 형사와 남민철 형사가 맡게 되었다.

"왜 버스를 버려두고 사라졌을까요? 납치일까요?"

민철이 흐물흐물해진 순대를 건져 먹으면서 물었다.

"납치는 아니겠지. 납치할 생각이 있었다면 굳이 달리고 있는 버스를 멈추고 버스 기사를 끌어내진 않았겠지."

"그럼 원한 관계일까요? 아까 부인 말로는 기사가 특별히 원한 관계가 없는 사람이라고 했잖아요?"

"부인만큼 자기 남편을 모르는 사람도 없지. 내 생각엔 분명히 면식범의 소행이야. 아는 사람이 버스에 타고 있다가 같이 내렸거나 아님 버스 정류장에서 불러냈거나. 그것도 아니라면 버스 기사가 혼자 고의로 버스를 버리고 갔을 수도 있어."

"차고지까지 안 가고 왜 굳이 정류장에 세워놓은 걸까요?"

"이제부터 알아봐야지. 뭔가 스토리가 있는 사건 같다."

조 형사는 이번 사건에 강한 흥미를 느꼈다. 일단은 탐문수사와 증인 확보가 시급했다.

"민철아. 내일 벽보 제작해서 버스가 발견된 장소 주변에 붙여. 어제 자정부터 새벽 1시 사이에 2002번 버스가 정차하는 모습을 목격한 사람을 찾는다고. 버스 기사가 실종된 사건이라고 밝혀."

"알겠습니다."

"그리고 가족하고 회사 동료들부터 탐문수사 시작해보자."

"네, 선배님."

식당 한구석에 놓인 라디오에서 세기말의 지구 종말설에 관련된 이야기가 나오고 있었다. 진행자는 엄숙한 목소리로 며칠 뒤에 있을 개기일식 현상에 관해 말했다.

— 인류의 운명이 태양과 지구에 의해 결정된다는 전설을 믿었던 고대 마야인들은 4번째 태양이 없어지는 날 마야 문명이 사라지고, 6번째 태양이 없어지는 날 지구가 완전히 멸망할 것이라고 예언했습니다. 여기서 태양이 없어지는 날이란 개기일식을 말합니다. 일식은 태양이 달에 가려지는 현상인데 지구 - 달 - 태양이 일직선상에 놓일 때 일어납니다. 개기일식은 달이 해를 완전히 가리는 현상이지요. 그렇다면 과연 고대 마야인만 개기일식을 지구 멸망의 증거라고 생각했을까요?

민철이 중얼거렸다.

"진짜 지구가 멸망할까요?"

"언젠가는 멸망하겠지?"

"그렇게 생각하세요?"

"지구 멸망이 따로 있냐? 내가 죽으면 지구가 멸망하는 거야."

조 형사는 심드렁하게 대답했다. 민철은 큰 깨달음이라도 얻은 표정으로 고개를 끄덕였다.

"그러고 보니 선배님 말이 맞네요. 하긴, 내가 죽으면 다 끝이죠."

라디오 소리가 들렸다.

— 특집 〈세기말을 말한다〉 내일 계속 이어가겠습니다. 지금까지 진행에….

카운터에 앉아 있던 주인 할머니가 라디오를 꺼버렸다. 할머니가 말했다.

"세상이 망하든 흥하든 그게 뭔 소용이여. 얼어 죽을. 내 가게만 안 망하면 되는 것이제!"

그 말을 듣고 조 형사가 피식 웃었다.

# 20

선미는 어떻게 하루가 지나갔는지 아득했다. 이토록 괴로운 날은 단언코 그녀의 인생에 없었다. 소파에서 지쳐 잠이 들었다가 깨보니 벌써 어둠이 찾아왔다. 정신 차리고 고개를 돌려보니 어둠 속에서 뭔가 빛나고 있었다. 심장이 멎을 듯 놀랐다. 구슬 모양의 빛이 다가오면서 월월, 소리를 냈다.

"앵도야!"

선미는 팔을 벌려 애완견을 껴안았다. 거실에 불을 켜고 TV도 켰다. 사료를 챙겨주었더니 배부른 앵도는 기분이 좋은지 하얀 털이 치렁치렁한 꼬리를 연신 흔들어댔다.

저녁 8시가 좀 넘어 엄마가 들어왔다. 선미는 엄마가 차려준 저녁을 여느 때처럼 맛있게 먹었다. 온종일 먹는 족족 다 토해버린 터라 배가 몹시 고팠다. 메뉴는 불고기에 열무김치였다. 밥을 먹으면서 엄마는 얼마 전에 시집을 간 친구 딸 얘기를 했다. 한 번도 그런 생각을 해본 적 없었는데 빨리 시집을 가고 싶은 생각이 들었다.

"아빠는 오늘 좀 늦으시겠다는구나."

엄마는 방에 들어갔다. 잠시 뒤 방에서 TV 소리가 들렸다. 저녁을 다 먹은 선미는 엄마 대신 설거지를 하고 방으로 들어왔다. 또 음식을 토하게 될까 봐 겁이 났지만 다행스럽게도 불고기와 열무김치는 정상적인 소화 과정을 거치는 모양이었다.

그래. 이제 다 잘 될 거야!

선미는 문득 아이스크림이 먹고 싶어졌다. 별것 아니지만 참기 힘든, 욕구였다. 시계를 보니 11시가 조금 넘었다.

베스킨라빈스가 몇 시까지 하더라?

상가까지 나가는 길이 조금 외지긴 했지만 앵도를 데리고 나갈 생각을 하니 겁나진 않았다. 선미는 거실 구석에서 잠들어 있는 앵도를 깨웠다.

"앵도야. 언니랑 잠깐 산책할까?"

"너 어딜 가려고?"

엄마가 방에서 나오면서 물었다.

"갑자기 아이스크림이 너무 먹고 싶어서요."

"야밤에 무슨 아이스크림이냐?"

"하루 종일 몸이 안 좋아서 집에 있었더니 바람도 쐬고 싶고 단 것도 땡기고 그러네요. 금방 갔다 올게요."

"이왕 사 올 거면 나도 먹을만한 걸로 골라와라. 그 시퍼런 거, 입에서 막 터지는 녀석 말고."

엄마는 다시 방에 들어갔다. 선미는 앵도의 목줄을 챙겨 집을 나섰다.

주택가 골목을 걷는 발걸음이 상쾌했다. 앵도는 오랜만의 산책이 즐거운지 선미를 앞서거니 뒤서거니 부지런히 뛰어다녔다. 다행히도 베스킨라빈스는 문을 닫지 않았다. 선미는 여고 시절부터 좋아하던 체리 주빌레와 피스타치오 아몬드 그리고 엄마가 좋아하는 자모카 아몬드 휘지를 골랐다. 봉지에 파인트와 플라스틱 수저를 넣고 앵도와 함께 가게를 나왔다.

기분이 썩 좋아진 선미는 노래를 흥얼거렸다. 오아시스의 〈스탠드 바이 미〉 코러스 부분이었다.

— 곁에 있어줘요. 미래는 아무도 알 수 없잖아요. 내 곁에 있어줘요.

상가에서 주택가로 향하는 어두운 골목에는 나이 먹은 가로등이 여러 개 있었는데 말짱한 녀석은 하나도 없었다. 다들 껌벅이거나 빛이 흐리거나 했다.

노래를 부르며 기분 좋게 걷던 선미는 잠깐 멈춰 섰다. 비닐봉지에 든 파인트와 핑크빛 수저를 꺼냈다. 너무 땡겨서 한입만 먹고 갈 생각이었다. 제일 위에 얹힌 아이스크림은 민트 향이 강하게 풍기는 피스타치오 아몬드였다. 어두워서 잘 보이지 않았지만 선미는 밝은 녹색을 떠올리며 한 스푼 가득 아이스크림을 떠서 입에 넣었다.

음, 그래, 바로 이 맛이야!

앵도가 짖기 시작했다. 누가 뭘 먹으면 항상 짖는 버릇이 있는 앵도. 선미는 허리를 굽히고 앵도의 머리를 쓰다듬었다.

"앵도야, 넌 이거 먹으면 안 돼. 아이스크림 먹는 개가 어디 있…."

선미는 '어'라고 말을 맺지 못했다.

목덜미에 뜨거운 느낌. 고개를 돌리려고 해도 신경 줄기를 찢는 고통만 느껴질 뿐 꼼짝도 못한다. 턱이 심하게 떨리면서 손에 든 파인트와 봉지를 떨어뜨린다. 무릎과 두 팔이 바닥을 짚는다. 슬슬 관절에 힘이 풀리기 시작하고 가쁜 숨소리를 내며 바닥을 기기 시작한다. 목에서 쏟아진 피가 시멘트 바닥에 줄기를 이루어 흐른다.

이제 선미는 깨닫는다. 누군가 뒤에서 다가와 예리한 칼로 자신의 목을 찔렀음을. 성대와 식도까지 깊이 잘렸음을. 이제 다신 베스킨라빈스 아이스크림을 먹지 못하리라.

죽음의 공포에 최대한으로 커진 동공은 움직임을 멈추었다. 팔과 무릎 관절이 풀리면서 선미는 천천히 바닥으로 엎어졌다. 선미의 몸은 큰 대자 모양으로 뻗었다. 무자비한 칼날이 선미의 옆구리를 몇 번 더 쑤셨다. 가쁘게 내쉬던 선미의 숨도 완전히 멎었다.

낡은 가로등 불빛을 반사하던 칼날은 어둠 속으로 사라졌다. 피는 혈관의 성격에 따라 분수처럼 솟기도 하고 기침을 하듯 쿨럭쿨럭 뿜어져 나오기도 했다. 선미의 몸 주위에 붉은 호수가 생겼다.

앵도는 맹렬하게 짖었다. 일어날 줄을 모르는 주인 주위를 빙글빙글 돌면서. 시간이 흐르면서 파인트 통에서 아이스크림이 녹아나왔다. 핑크빛의 체리 주빌레, 녹색의 피스타치오 아몬드, 옅은 갈색의 자모카 아몬드 휘지가 붉은 피와 함께 섞였다.

우연히 그곳을 지나가던 최초의 목격자가 비명을 지르며 골목 바닥에 주저앉아버릴 때까지, 앵도는 한 번도 맛본 적 없는 따뜻한 액체를 핥아먹으며 쉴 새 없이 꼬리를 흔들어댔다.

# 21

 

최 주임은 비명을 지르며 잠에서 깼다.

불 꺼진 방에 조금씩 아침의 기운이 스며들었다. 아내는 곁에서 가늘게 코를 골며 잠들어 있다. 새벽 5시를 가리키고 있는 시계도 보인다. 모든 것은 정상이었다.

최 주임의 등은 식은땀으로 흠뻑 젖었다. 잔인한 꿈이었다. 시체들이 살아나 목을 졸랐고 그는 무기력하게 버둥거렸다.

분명히 둘 다 죽었지? 확인을 했나?

머리가 지끈지끈 아파졌다. 거실로 나가 냉수를 한 컵 들이켰다.

어제 하루는 정말 끔찍했다. 주임 회의에서 어눌한 실수를 반복한 일부터 시작이었다. 수업 시간엔 몸이 아프다는 핑계를 대고 교사 생활

최초로 학생들 자습을 시켰다. 일찍 퇴근하려고 차를 빼러 가던 길에 쓰레기 소각장에서 담배 피는 아이들을 넷이나 발견했음에도 불구하고 어이없게도 손을 흔들어주고는 도망치듯 차를 몰고 나왔다. 불운은 거기서 끝나지 않고 결국 수십만 원 상당의 접촉사고로 이어졌다.

최 주임은 길게 한숨을 내쉬고 부엌 테이블 앞에 앉았다. 벽에 붙은 십자가를 보며 두 손을 굳게 모으고 기도했다.

"여보!"

"으아악!"

최 주임은 어깨에 와 닿은 감촉에 놀라 벌떡 일어났다. 그의 지나친 반응에 도리어 놀란 아내는 벽에 등을 기대며 가슴을 쓸어내렸다.

"무슨 일 있어요? 밤새 제대로 잠을 못 자는 거 같던데."

"안 좋은 꿈을 꿔서 그런 거야. 걱정하지 마."

최 주임은 애써 큰 목소리로 아내를 안심시켰다. 스스로에게 하는 말이기도 했다. 아내는 가스레인지 앞으로 가서 기지개를 한 번 켠 후 아침식사를 준비하기 시작했다. 최 주임은 다시 안방으로 들어가 침대 위에 큰 대자로 누웠다.

뭐가 걱정이야? 천하의 최 주임을 누가 감히. 난 죄를 지은 게 아니야. 실수였다고.

창밖으로 굵고 튼튼한 빗줄기가 내렸다. 참기 힘들 정도로 햇살이 강렬했던 어제보다 좋은 날씨라고 생각했다. 아내가 끓이는 된장찌개 냄새를 맡자 마음이 가벼워져서 이제 다 정상으로 돌아갈 것만 같았다.

아침을 먹고 바로 학교로 향했다. 아침이면 언제나 막히는 마포대교도, 한쪽 다리를 가볍게 저는 학교 수위의 유난스러운 경례 인사도 그대로였다.

간단한 직원 조회를 마치고 1교시 수업에 들어갔다. 아직 더위가 가시지 않은 교실에 두 대의 선풍기가 미적지근한 바람을 뿌렸다. 아이들의 절반은 책상에 엎드려 자고, 남은 절반 중의 절반은 주변의 아이들과 잡담을 하고 있었다. 최 주임이 들어가자 시끄럽게 떠들던 아이들, 잠을 자던 아이들도 모두 형식적이나마 차렷 자세로 앉았다. 반장이 일어나 차렷 경례, 인사를 시켰다.

"안녕하십니까?"

최 주임은 아이들의 맑은 목소리를 듣자 힘이 샘솟았다. 그는 수업을 즐겼다. 다른 교사들에 비해 학생들에 대한 통제력을 더 많이 확보하고 있다는 일종의 자부심이었다. 다른 교사들의 말은 들은 척도 하지 않던 아이들이 최 주임 앞에서는 입을 다물었다. 공부를 포기한 녀석들도 잠을 쫓으려 애를 썼다.

최 주임의 신비로운 통제력은 설교 덕분이었다. 그는 떠들거나 자는 아이가 있으면 수업을 제쳐놓고 그 아이가 질릴 때까지 코앞에서 설교를 했다. 풍부한 성경 구절을 인용하고, 인생 실패자들의 끔찍한 예를 들기를 좋아했다. 그의 협박성 설교에 존재하는 세계관은 TV 드라마나 영화보다 더 폭력적이고 암울했다.

"오늘 아주 날씨가 좋지? 비가 축축 내리는구나. 요즘 조는 사람들이 많은데, 특히 창가에 앉은 학생들 조심해. 걸리면 예외 없이 반성문 열 장이야. 알겠지?"

고분고분한 아이들의 태도는 언제나 최 주임을 뿌듯하게 했다. 하얀 세라복을 입고 앉아 있는 열일곱 살 소녀들에게 오늘 가르칠 내용은 인간의 기본적인 덕목이었다. 그중에서도 양심.

부반장에게 국민윤리 교과서를 소리 내어 읽게 한 후, 10년 넘도록 써먹은 강의 노트 내용을 유창한 웅변술로 되풀이했다. 어느덧 수업을 마무리 지을 시간이었다.

"끝으로 간단히 얘기하면 말이야, 그러니까 만약에 주관식 문제에서 양심이란 무엇인가, 라는 문제가 나온다면 답은 뭐라고 써야 하지?"

아무도 손을 들지 않았다.

"그렇지! 바로 그거야. 누군가 자신을 보고 있다고 생각하는 마음. 남 부끄럽지 않은 행동을 하려는 마음. 그게 바로 양심의 정의야. 알겠지?"

아이들은 형식적으로 입을 모아 네, 대답했다.

"만약 양심에 부끄러운 행동을 했는데 아무도 그걸 못 봤다고 하자. 그럼 어떻게 되지?"

이번에도 아이들은 가만히 있었다.

"그렇지! 자기 자신을 속이는 셈이지. 그리고 하느님을 속이는 일이지. 아무리 몰래 하는 행동도 자신과 하느님은 속일 수 없으니까 말이야. 그런 경우엔…."

최 주임은 잠시 말을 끊었다. 교실에 있는 소녀들 중에 그저께 밤의 사건을 함께 겪은 여대생이 앉아 있었다.

"선생님, 안녕하세요?"

그녀는 싸늘한 미소를 지으며 최 주임을 응시했다. 그런데 그녀의 눈은 눈동자가 없이 모두 흰자위였다.

어떻게 니가 여기에?

눈동자 없는 눈으로 찡긋 윙크를 남긴 여대생은 어느 순간 사라졌다.

최 주임의 등에 땀이 쭉 배었다. 갑자기 빗소리가 귀에 거슬릴 정도로 크게 들렸다. 그는 달려가서 창문을 닫아버렸다. 빨리 수업을 마무리해야지. 최 주임은 한숨을 쉬고 말했다.

"그런 경우엔 더 큰 벌을 받게 되지."

최 주임은 교단에 두 팔을 짚고 잠시 숨을 골랐다. 견딜 수 없는 갈증이 치밀어 올랐다. 수업이 끝나는 종소리가 울렸다.

# 22

"이럴 땐 뭐라고 해야 되지?"

준호는 아무 말도 하지 않았다.

"나보고 어떻게 하라고?"

효선은 싸늘한 표정을 누그러뜨릴 줄 몰랐다. 효선의 얼굴에는 의도를 짐작 못 할 옅은 미소가 서려 있었다. 준호는 눈을 감아버렸다.

비 오는 수요일 오후. 준호는 꼭 해야 할 얘기가 있다고 효선을 불러냈다. 효선은 약속 장소인 청담동의 한 2층 카페로 나왔다.

어제 하루 종일 고민을 한 끝에 내린 결정이었다. 모든 걸 다 털어놓지는 않았다. 2002번 버스에서 일어난 사건은 숨기고 미나의 존재는 고백했다.

우연히 같은 버스를 탔고 눈이 몇 번 마주쳤고 그녀가 자기 뒤를 따라 내렸으며 집까지 따라갔다가 마침내 잠자리를 같이하게 되었다는 이야기를 해주었다.

효선은 마치 그 일을 예전부터 알고 있는 사람 같았다. 냉정한 태도로 준호에게 질문을 던졌다. 그 질문들은 준호가 이전에 알고 있던 효선과는 어울리지 않는 노골적인 내용이었다.

"그 여자하고 잘 때 오르가슴을 느꼈어? 하긴 남자들은 사정만 하면 오르가슴은 느낀다니까."

"내 생각도 했어? 죄책감이 들긴 했느냐고?"

"내가 만약 그 일을 용서하겠다면 어떻게 할래?"

준호는 어떤 질문에 어떻게 대답해야 할지 몰랐다. 효선은 차갑게 물었다.

"배신은 아주 나쁜 죄악이라고, 오빠도 그렇게 생각하지?"

"널 배신하려고 의도하지는 않았어. 그날 밤의 기운 때문이야. 뭐라 해야 할지 적당한 표현이 떠오르지 않아. 달이 너무 밝아서 그랬을까?"

"이상한 여자랑 자고 나더니 시인이 되셨나?"

"비꼬지는 말아줘. 내가 잘못했어. 잘 알아. 연인을 배신했어. 하지만 그 여잘 만난 건 거역할 수 없는 운명 같아."

짝, 소리와 함께 준호는 눈에서 불이 났다. 준호의 뺨을 갈긴 효선은 죄인을 심문하는 재판관의 엄숙한 표정을 지으며 벌떡 일어났다.

"거역할 수 없는 운명? 그 말을 좋아하나 봐? 그건 나에게도 했던 애기라고!"

잠시 동안 침묵이 흘렀다. 준호는 얼얼한 뺨을 어루만지며 힘겹게 입을 열었다.

"미안해. 속이면서 너를 대하는 게 더 나쁘다고 생각해서 이렇게 털어놓았어."

막 일어서서 나갈 태세였던 효선은 다시 소파에 앉았다. 테이블 위에 놓여 있던 담배를 한 대 빼물었다. 준호는 깜짝 놀랐다.

효선은 담배를 못 피웠는데? 나 만나기 전에 담배를 피우다가 끊었나? 그럴 리가 없는데.

잠시 당황스러워하던 준호는 이제 그런 일들은 아무래도 상관이 없다는 사실을 깨닫고 페어 글라스 너머 세상을 바라보았다. 비에 젖은 도시는 답답해 보였다. 준호는 앞에 놓인 콜라를 쭉 들이켰다. 효선이 후우, 담배 연기를 뿜어내며 입을 열었다.

"잘 알겠어. 아까도 물어봤지만, 만약 내가 그 일을 다 잊어준다면 어쩔 셈이야? 돌아올래?"

준호는 주먹을 꼭 쥐었다. 어젯밤 내내 고민하던 문제였다. 평탄한 생을 위해서 효선은 좋은 여자였다. 미나를 배신했던 남자와 마찬가지로 준호의 집에서도 반대할 게 뻔했다. 자신의 현실적인 감각으로도 미나를 아내로 맞이하긴 어려웠다. 미나와의 만남은 끝이 있을 수밖에 없음을 알았다.

그러나 당장 준호가 보고 싶은 사람은 미나였다. 미나의 눈을 마주하

고 싶다. 미나의 손을 잡고 싶다. 미나의 속삭임을 듣고 싶다. 미나의 살
냄새를 맡고 싶다. 미나 안으로 들어가고 싶다. 그런 강렬한 욕망은 효
선과는 결코 없었던 화학작용이었다.

"미안해. 마음이 그 여자한테 많이 가버렸다."

"하룻밤 사이에?"

"하룻밤 사이에."

그 하룻밤이 보통 하룻밤이 아니었거든. 사람이 둘이나 죽었어. 달은
엄청나게 컸고 이상한 기운으로 어둠이 넘실댔어. 그래서 그랬어. 다 말
하지 못해서 미안해.

효선은 담담한 표정으로 입을 다물었다. 담배 연기 같은 침묵이 어색
한 둘 사이로 차곡차곡 쌓였다. 효선이 익숙한 동작으로 재떨이에 담배
를 비벼 끄며 물었다.

"그 여자, 어떤 여자인지 말해줘. 듣고 싶다."

"너보다 못한 여자야."

"뭐?"

효선의 눈에서 매서운 독기가 광선처럼 뿜어져 나왔다. 준호는 어리
고 고운 여자 아이로 생각했던 효선에게 어떻게 저토록 무서운 기운이
뿜어져 나오는지 당황스럽고 두려웠다. 게다가 효선이 담배와 담배 연
기를 다루는 모습이 너무나도 자연스러워서, 혹시 앞에 앉아 있는 여자
가 외모만 똑같은 쌍둥이 자매가 아닌가 싶을 정도였다.

"나보다 못한 여자? 그런 말은 나에게 모욕이야! 오빤 그 여잘 선택

했고, 지금 상황에서 그딴 얘기해봤자 죄를 감하려는 시도밖에는 안 돼! 쯧쯧쯧. 비겁해. 오빠 절대 용서받을 수 없겠다. 구체적으로 얘기해 봐. 어떻게 생겼는지. 무슨 일을 하는지. 나이는 몇 살이야?"

준호는 침묵했다. 효선이 피식 웃으며 담배를 한 대 더 불 붙였다.

"그래. 버린 여자에게 새 애인 얘길 할 필요는 없겠지."

효선의 얼굴을 보면 숨고 싶은 만큼 죄스러울 거라고 예상하고 나온 자리였으나 그런 느낌은 별로 없었다. 입으로는 미안하다는 얘길하면서도 마음은 미안하지 않았다. 그저 미나가 보고 싶었다.

효선의 얼굴에 정체를 알 수 없는 미소가 그려졌다. 그런 얼굴로 천천히 담배를 피웠다. 자꾸만 연기를 준호의 얼굴로 뿜으면서. 준호는 등골이 서늘해지는 섬뜩함을 느꼈다.

"좋아. 넌 벌을 받을 거야. 어떤 벌일지 지켜보라고."

효선은 자리에서 일어났다. 짧은 꽁초가 된 담배를 재떨이에 거칠게 비벼 껐다. 빳빳한 오천 원짜리 지폐를 지갑에서 빼서 준호의 얼굴에 던졌다. 지폐는 볼에 살짝 스치고 바닥에 떨어졌다.

"이제 연인이 아니니까 더치페이 할게. 그럼 그년이랑 잘 버텨보라고."

효선은 총총걸음으로 카페를 나가버렸다. 준호는 오천 원짜리 지폐를 물끄러미 내려다 보았다. 효선의 얼굴에 머무르던 잔인한 미소가 아직도 앞에 있는 것 같았다.

어떻게 그런 표정을 지을 수 있지? 벌을 받을 거라고? 너 혹시 뭔가를 알고 있니?

준호는 효선이 남긴 미스터리들을 잠시 고민하다가 창밖을 내다보았다. 효선이 보인다면 당장 달려나가서 직접 물어볼 생각이었다.

너 혹시 그저께 밤에 무슨 일이 있었는지 알고 있니? 도대체 넌 누구니? 내가 알고 있던 괜찮은 여자 효선이는 아닌데.

하지만 효선은 어느새 사라지고 없었다. 핸드폰으로 전화를 걸어보았다. 부재중 설정이 되어 있었다.

별것 아닐 거야. 신경 끄자. 그동안 효선의 내숭에 내가 속았던 거야. 여자들이란 원래 악담을 잘하잖아. 효선이는 아무것도 몰라. 어떻게 그 일에 대해 알겠어?

준호는 미나에게 전화를 걸었다.

"여보세요?"

미나의 목소리는 다소 들떠 있었다.

"나야, 준호."

"아, 준호 씨. 어디야?"

"여기 잠깐 뭐 사러 밖에 나왔어. 바빠?"

"아니. 은행에서 잔돈 바꾸고 나오는 길이야."

핸드폰에서 거리의 소음이 흘러나왔다.

"준호 씨, 오늘 저녁 같이 먹을까? 내가 맛있는 거 해줄게."

준호는 눈을 감았다. 미나의 얼굴을 그려보았다. 미나의 향기, 미나가 해주는 요리의 맛을 상상했다.

"여보세요? 준호 씨?"

"그래. 이따가 몇 시쯤에 갈까? 내가 약국으로 마중 나갈까?"

"그럼 나야 좋지! 아냐, 비도 오는데 그냥 집으로 와. 내가 저녁 준비하고 있을 테니까."

"좋아. 그리고 미나야."

준호는 잠시 동안 말을 하지 않고 지금 기분을 최대한 잘 표현하려고 애썼다. 차분한 목소리로 말했다.

"보고 싶어."

"나도."

준호가 막 전화를 끊으려고 할 때 미나의 목소리가 들렸다.

"고마워."

# 23

 

최 주임은 견디기 힘들었던 첫 수업 이후로는 그럭저럭 수업을 진행
할 수 있었다. 그런데 유난히 큰 빗소리가 마음을 불편하게 했다. 비가
올 때 수업한 적은 많았지만 빗소리가 오늘처럼 거슬린 적은 없었다.
창문을 닫고 아이들에게 커튼까지 치라고 했지만 환청처럼 끈질기게
새어 들어오는 빗소리를 막을 수는 없었다.

마지막 수업을 끝내고 교무실에 돌아왔을 때 최 주임은 빨리 집에 돌
아가고 싶은 생각 외엔 없었다. 다행히 벌써 이틀이 지났는데도 그 사
건과 관련된 일은 전혀 일어나지 않고 있다. 괜히 혼자 당황해서 이런
저런 실수를 하긴 했지만 이제 그런 실수를 하지 않을 자신도 생겼다.

최 주임은 마지막 수업을 마치고 교무실로 들어왔다. 의자에 앉지도

않고 서류 가방에 이런저런 서류들을 급히 챙긴 후 집으로 돌아갈 준비를 했다. 막 돌아서려는데 책상 위에 놓인 캔 커피가 눈에 띄었다.

"이거 나 먹으라고 갖다놓은 거요?"

최 주임은 옆에서 컴퓨터 오목을 두고 있는 국사 선생에게 물었다.

"글쎄요. 잘 모르겠는데? 애들이 두고 갔나 보죠."

최 주임은 소리 없이 웃었다. 이틀 동안 유난히 힘들었던 자기 모습을 본 어느 기특한 학생의 정성이라고 생각하니 기분이 썩 유쾌해졌다. 가죽 가방과 캔 커피를 들고 교무실을 나섰다. 복도를 지나 주차장으로 통하는 현관문 앞에 섰다. 아까는 더없이 거슬리던 빗소리가 시원하게 들렸다.

이제 점점 좋아진다. 괜히 쓸데없는 걱정만 했네.

최 주임은 현관문을 나가지 않았다. 건물 안에서 캔 커피를 다 마시고 문을 열었다. 우산을 펴고 차를 향해 걸었다. 그러나 몇 걸음 걷지 못하고 멈췄다. 제어하기 힘든 역겨움이 치밀어 올랐다. 입덧하는 임신부처럼 우욱, 손으로 입을 틀어막았다. 역겨움은 금세 바늘로 배를 쑤셔대는 고통으로 변했다.

손에서 우산이 떨어졌다. 넘어지지 않으려고 기를 썼다. 후들거리는 두 다리로 비틀대다 가죽 가방도, 캔 커피도 바닥에 떨어뜨렸다. 퍼붓는 빗줄기가 양복을 적셨다. 신경의 반응 한계를 넘어버리는 고통은 금방 온몸으로 퍼졌다.

최 주임은 괴성을 지르며 바닥에 고꾸라졌다. 배를 움켜쥐고 하얀 게 거품을 물었다. 발에 밟힌 지렁이처럼 꿈틀거렸다. 구두가 벗겨지고, 시멘트 바닥을 긁어대는 손가락 끝에서 피가 배어나오고, 손톱도 부러져나갔다. 시멘트 바닥에 비빈 얼굴 피부가 벗겨졌다. 닫힐 줄 모르는 입에서는 피가 섞인 액체가 꾸물꾸물 흘러나왔다.

최 주임의 꿈틀거림은 얼마 안 가서 조용해졌다. 빗물이 몸을 완전히 적실 무렵, 그는 더 이상 움직이지 않고 조용히 시멘트 바닥에 누워 있을 뿐이다.

하늘이 서서히 어두워지고 있다. 비는 그칠 줄을 몰랐다.

# 24

2002번 버스 기사의 실종사건 수사를 맡은 조인구 형사는 예상하지 못한 방향으로 일이 풀려가고 있음을 알았다. 공선중 주변은 모범 시민 이라는 말이 절로 떠올릴 정도로 깨끗했다. 그는 성실한 소시민의 전형 적인 삶을 살았다.

18년 전에 선을 봐서 결혼했고 아내와 아들 딸 하나씩이 있었다. 수유리에 20평대 연립주택은 자기 소유. 채무 관계도 없었고 심지어 5년 전에 구입한 주택의 대출도 다 갚은 상태였다. 가족들의 불만은 그가 너무 고지식하다는 것뿐이었다.

동료들의 평도 비슷했다. 그는 한 번도 늦게 출근하거나 빨리 퇴근한 적이 없었다. 교통사고도 전무, 심지어 그 흔한 신호위반 기록도 없었다. 성실한 원칙주의자. 하루 종일 공선중 주변 사람들과 이야기를 나눠 본 결론은 그랬다.

조 형사는 민철과 함께 버스 회사 사무실을 다녀오는 길에 양재동 버스 정류장에 붙어 있는 벽보를 확인했다. 이틀 전 자정에서 새벽 1시 사이에 2002번 버스가 주차하는 모습이나 버스 기사가 내리는 모습을 목격한 사람을 찾는 벽보였다.

"제보자가 있을까?"

조 형사가 물었다.

"기다려봐야죠. 오늘처럼 딱히 털어서 먼지 안 나올 상황이 계속된다면 정말 우발적인 상황에 휘말린 걸 수도 있으니까요. 그렇다면 제보자의 증언이 결정적이잖습니까?"

운전을 하고 있던 민철은 조 형사를 힐끔 돌아보며 동의를 구했다.

"그렇지. 빨리 뭐가 나와야 할 텐데. 이런 사건은 시간 끌면 끌수록 골치 아프단 말이야."

조 형사는 의자를 젖히고 눈을 감았다. 민철은 꽉 막힌 도로에 갇힌 처지였다. 저녁 퇴근 시간이 끝나가는 강남대로는 자동차 브레이크 램프의 붉은빛이 가득했다. 그는 라디오 볼륨을 높였다. 전날 저녁에 순댓국 식당에서 들었던 특집 라디오 프로그램이 이어서 흘러나왔다.

— 중국 고대의 역사책인 《좌전》을 보면 소공 17년에 〈하서〉를 인용하여, 해와 달의 만남이 편안하지 않으면 백성들도 도망간다고 설명했습니다. 이는 일식 때문에 사람들이 두려워하는 모습을 기술한 것입니

다. 대낮에 갑자기 해가 사라지는 일은 고대 사람들에겐 더없이 두려운 기이현상이었던 것입니다. 일식을 두려워한 건 우리나라도 마찬가지였습니다. 관련 기록을 보면 고려시대와 조선시대에 일식이 일어나면 재앙을 막기 위해 궁중에서 신하들이 검은 관에 소복을 입고 북을 울리고 왕도 소복을 입고 의례를 진행했다고 합니다.

천 년에 한 번밖에 없는 밀레니엄을 맞아 세기말의 종말론과 관련된 각종 다큐멘터리 프로그램과 기사가 쏟아져나왔다. 가장 큰 관심을 모으는 종말론은 노스트라다무스의 예언이었다. 노스트라다무스 역시 개기일식을 언급했다. 라디오에서 성우가 더빙된 목소리로 노스트라다무스의 예언을 옮겼다.

— 어둡고 음침한 일식 이후 지구에 거대한 변화가 나타나 중력이 원래의 움직임을 잃고 영원한 어둠의 심연 속으로 침몰하는 것처럼 느껴질 것이다.

민철은 노스트라다무스의 예언보다 조 형사의 말이 더 가깝게 다가왔다.

— 지구 멸망이 따로 있냐? 내가 죽으면 지구가 멸망하는 거야.

그렇다. 지금도 누군가의 세계는 종말을 맞고 있다. 매 순간이 소멸의 순간이다. 어느 개인에게는, 또 어느 집단에게는.

조 형사는 잠이 든 모양이었다. 코를 골지는 않았지만 규칙적인 숨소리가 보통 때보다 크게 들렸다. 차가 신호 대기에 멈췄다. 민철은 차창으로 고개를 기울여 저녁 하늘에 떠오른 달을 쳐다보았다. 세기말과 개기일식이라는 희귀한 이벤트를 앞두고 있어서일까? 달은 음산한 기운을 마법의 가루처럼 밤하늘에 흩뿌리는 듯했다.

# 25

"너무 맛있다. 어떻게 이런 요리를 다 할줄 알아? 전문 요리사 해도 되겠는데?"

준호는 인사치레로 하는 말이 아니었다. 미나의 원룸. 상 위에는 스파게티와 풍성한 샐러드가 있었다. 크림소스 해물 스파게티와 토마토소스 미트볼 스파게티가 하나씩 있는데, 미나는 준호가 뭘 좋아하는지 몰라 두 가지를 준비했다고 했다. 준호는 해물 크림소스 스파게티를 골랐다. 전문 이태리 레스토랑에서 만든 음식처럼 풍부한 맛이었다.

"요리는 언제 배웠어? 이런 건 따로 배워야 하잖아?"

"얼마 전에 학원 잠깐 다녔었어. 자주 먹어줘야 해. 앞으로 많이 먹일 거니까. 혼자 있으니까 하기 편한 요리만 자꾸 하게 돼서 공들여 배운 요리들도 다 잊어먹거든."

"불러만 줘. 얼마든지 먹어줄게."

둘은 가끔 서로의 얼굴을 보며 스파게티를 먹었다. 이른 아침부터 내린 비가 저녁에도 그치지 않았다. 준호는 빗소리를 들으며 접시에 남아 있는 스파게티 소스를 마늘빵으로 닦아 먹었다. 빵을 꼼꼼하게 씹어 넘긴 후 커피를 한잔 마셨다.

최고의 저녁식사였다. 준호는 자기가 설거지를 하겠다고 고집을 피웠다. 결국 좁은 싱크대에 둘이 나란히 서서 설거지를 했다. 미나가 그릇을 씻으면 준호는 헹궈낸 후 옮겨 담는 일을 맡았다. 설거지가 끝나고 둘은 침대 위로 올라갔다.

미나가 속삭였다.

"우리 밍크처럼 섹스할래?"

"밍크처럼?"

"밍크는 지구상에서 제일 오래 교미를 하는 동물이래."

"그랬구나. 토끼가 짧다는 얘기는 들어봤어도 밍크가 길다는 말은 처음이야."

"토끼는 3초밖에 안 된대. 밍크는 얼마나 하는 줄 알아?"

"모르겠는데?"

"여덟 시간."

그렇게 말하면서 미나는 준호 앞에서 알몸이 되었다. 준호는 아래가 뜨거워졌다. 미나는 가늘고 긴 손가락으로 준호의 옷을 차례로 벗겼다.

"어떻게 그런 이야기들을 잘 알아? 토끼니 밍크니 하는."

"오늘 지하철에서 본 스포츠 신문에서 읽었어. 기사를 읽으면서 널 생각했어."

"난 그렇게 오랫동안 하지 못해."

"아니. 준호 씨와 사랑을 나눌 때는 5분이면 충분해. 너무 짜릿해서 더는 내가 못 참으니까. 밍크의 여덟 시간과 똑같아."

미나는 준호를 눕히고 올라탔다. 삽입은 하지 않고 아주 느린 속도로 천천히 몸을 비볐다.

"날 쉬운 여자로 보지 말아줘."

"그렇지 않아. 나 고백할 게 있는데."

"내 고백부터 들어줘."

미나는 몸으로 고백했다. 준호는 눈을 감았다.

# 26

   돌고래가 뛰노는 푸른 바다 위를 천천히 날았다. 야자수와 민물 호수
와 모래밭이 있는 작은 섬 주변을 맴돌다 물에 들어갔다. 돌고래는 말
을 할 줄 알았다. 준호에게 태양 아래 모든 달콤한 것들을 이야기했다.
돌고래의 미끈미끈한 몸뚱이를 느끼며 그들의 무리에 섞여 바다 속을
헤엄쳤다. 한참 동안 신비스러운 풍경을 누비며 헤엄치다가 물 밖으로
솟구쳤다. 여행은 끝이 났다.

   "왜 눈을 감고 있었어?"

   미나가 준호의 가슴에 고개를 기대며 물었다.

   "돌고래를 만났어. 돌고래 떼에 섞여서 바다 속을 헤엄쳤어."

   그들은 절정의 열기가 식을 때까지 몸을 떼지 않았다. 가빴던 숨과 맥

박이 차분히 가라앉고 난 뒤 준호는 침대 밑에 널브러진 바지 주머니를 뒤졌다. 담배를 한 대 빼물었다. 미나가 불을 붙여주고 재떨이 대용으로 빈 사이다 캔을 갖다 주었다. 연기가 빠지라고 열어놓은 창문으로 빗소리와 함께 시원한 바람이 밀려들었다.

— 난 비 온 다음날엔 꼭 조깅을 하러 가. 비가 오면 도시의 먼지가 씻겨 내려간대. 그래서 비 온 다음날 아침 공기가 제일 좋대.

운동을 좋아하던 효선이 해준 얘기였다. 그녀는 일주일에 두 번씩은 피트니스 클럽을 나갔다. 여름엔 수영, 겨울엔 스키를 즐겼다. 덕분에 날씬하면서도 탄탄하게 균형 잡힌 몸매와 웬만한 남자를 능가하는 순발력과 힘을 갖고 있었다. 준호는 언젠가 장난 비슷하게 효선과 팔씨름을 하다가 거의 질 뻔한 일도 있었다.

잠시 효선의 생각을 하고 있는데 미나가 물었다.

"내 고백은 끝났어. 오빠가 하려던 얘기를 해봐."

"여자친구가 있었어."

"과거형이네."

"오늘 헤어졌으니까."

잠시 침묵이 흘렀다.

"굳이 할 필요 없는 이야기를 하는 이유가 뭐야? 고마워하라고?"

"아니. 나 그렇게 유치한 남자 아냐."

"그럼?"

"죄책감 때문이라고 해두자."

"무슨 죄책감?"

"아무 일도 없었던 것처럼 이렇게 널 대하는 게 마음이 불편해서."

"그럼 여자친구, 아니 전 여자친구에 대한 죄책감이네?"

"너와 그녀 둘 다."

"나 때문에 그녀를 버렸어?"

준호는 대답을 하지 않았다. 대신 질문을 했다.

"예전에 사귀던 남자는 어땠어?"

"어땠느냐니?"

"너는 이별에 관해서만 이야기했지 그 남자가 어떤 사람이었는지는 말해주지 않았어."

"궁금해?"

준호는 고개를 끄덕였다.

"기억이 안 나."

"기억이 안 난다니."

"난 그가 날 정말 사랑한다고 생각했어. 내가 그를 잘 알고 있다고 생각했어. 확신했지. 확신이 박살나고 나니까, 그에 대한 모든 것을 다 잊어버렸어."

"그랬구나."

대답이 만족스럽지 않아도 그렇게 말하는 외에 도리가 없었다.

"그 남자 생각하기 싫어. 차라리 니 얼굴을 한 번 더 볼래."

미나는 담배를 피는 준호의 가슴에 볼을 딱 붙였다. 준호는 향수 냄새와 뒤섞인 미나의 땀냄새를 맡으며 다시 불끈하는 성욕을 느꼈다.

너무 밝히는 놈으로 오해받겠지?

담배를 길게 한 모금 빨았다가 내뱉으며 욕망을 달랬다.

침대 옆에 있는 테이블에 놓인 리모컨을 집어들고 TV를 켰다. 미나와 나란히 누워 뉴스를 시청했다. 고급 승용차를 몰고 다니는 여자들을 대상으로 연쇄강도 살인 행각을 저지른 남자가 잡혔다는 소식이었다. 기자는 그의 어린 시절을 언급했다. 범인은 어릴 때 아버지가 집을 나가고 기초생활 수급대상인 어머니와 함께 찢어지게 가난했던 유년 시절을 보냈다고 했다.

"저 사람은 성 안으로 들어가고 싶었을 거야."

미나가 나지막하게 말했다.

"이 세상엔 커다란 성이 있어. 성 안의 세상과 밖의 세상으로 나눠지지. 성 안은 풍요롭다 못해 삶이 무료하다는 얘기까지 나돌아. 성 밖에 버려진 자들은 하루하루 먹고 살기 바쁘게 살아가지. 성벽은 까마득히 높아. 성 밖의 사람은 아무리 발버둥쳐도 안에 들어가기 힘들어. 넌 그 절망감을 몰라. 지금 넌 내 곁에 있지만."

미나는 그 뒤의 말을 잇지 않았다. 준호는 뜨끔했다. 고아인, 너무 가난한, 배운 게 없는 미나와 결혼까지는 하지 못하겠다는 생각을 들킨 것 같았다.

준호는 아무 말도 하지 않았다. 그는 성 안에서 태어난 주민이었다. 대기업에 다녔고 이제는 간부로 계신 아버지 덕에 경제적으로 부족함을 모르고 컸다. 좋은 대학에 다니고 있으니 큰 변수만 없다면 괜찮은 직장에 취직할 것이다. 집에서 미나를 며느리 감으로 달가워할 리가 없다.

환경의 차이나 부모님의 반대를 무릅쓰고 미나와 끝까지 함께할 수도 있을까?

그러고 싶었다. 당장 욕망이 넘실거리는 준호의 마음은 그랬다. 그래서 미나를 안은 팔에 더욱 힘을 주었다.

중요한 기사들을 보도한 후 아나운서는 한 교사의 의문사를 전했다. TV 화면에는 사건 현장인 고등학교 주차장이 등장했다. 비에 씻겨 내려가고 남은 옅은 핏자국과 하얀 스프레이로 그려진 피해자의 마지막 자취가 화면을 메웠다.

― 명성여고의 윤리 교사로 재직하고 있는 최영도 씨는 사건 직전 자신의 책상 위에 있던 캔 커피를 마셨다고 합니다. 경찰은 커피 캔 안에 독극물이 들어 있었을 가능성에 수사의 초점을 맞추고 사건 현장에 떨어져 있던 캔을 국립수사원으로 보내 분석을 의뢰했습니다. 경찰은 1학년 학생 주임이었던 최 교사가 평소 원칙을 중시하는 태도로 학생들에게 반감을 샀다는 점을 중시하고, 학생들의 순간적인 충동에서 나온 범행 가능성도 배제하지 않고 있어 무너지고 있는 교육 현장에 큰 충격을 주고 있습니다.

준호가 들고 있던 담배에 길게 늘어져 있던 담뱃재가 툭 떨어졌다. 떨어진 담뱃재가 가슴 위로 흩어졌지만 준호는 꼼짝도 하지 않았다. 미나도 크게 뜬 눈을 TV에서 뗄 줄 몰랐다. 최영도 선생 살인사건 뉴스는 끝나고 빈집털이 형제 절도범에 대한 보도가 이어졌다.

"어떻게 된 거지?"

준호는 억양 없는 목소리로 말을 흘렸다. 미나는 말없이 두 무릎에 얼굴을 묻었다. 준호는 점점 빨라지는 심장 박동을 느끼며 자리에서 일어섰다.

"미나, 너 신문 보니?"

미나는 고개를 내저었다. 준호는 바닥에 떨어진 옷을 챙겨 입었다.

"어디 가게?"

미나는 겁에 질린 얼굴로 준호의 손을 잡았다.

"신문 구해 봐야겠어."

"오늘 오후에 일어난 사건이라고 했잖아. 내일이나 아침 신문에 나오겠지."

"어제, 오늘 신문 다 확인해봐야겠어. 혹시 그저께 일이랑 관련된 다른 기사가 났을지도 모르잖아. 바보같이 왜 신문을 뒤져 볼 생각을 못했지?"

준호는 양손으로 관자놀이를 억세게 주무르다가 황급히 방을 나갔다. 미나도 급히 옷을 챙겨 입고 준호의 뒤를 따라나섰다.

잠시 후 둘은 슈퍼마켓에서 얻어온 신문 뭉치를 들고 방으로 돌아왔다. 준호는 신문 날짜를 확인했다.

"오늘 거, 어제 거 다 있다."

머리를 맞대고 앉아 신문을 꼼꼼히 확인했다. 사회면을 펼치는 순간 둘의 낯빛이 파랗게 질렸다.

— 주택가 골목에서 한 여대생이 잔인하게 피살당한 사건이 발생해 경찰이 수사에 나섰다. 서울 강남경찰서에 따르면 8월 31일 저녁 장선미(22, 대학생) 양이 집 근처 골목길에서 예리한 칼로 추정되는 흉기로 목과 배 부위를 난자당해 즉사했다. 식구들은 장 양이 이틀 동안 이유 없이 불안해했다고 증언했다. 경찰은 살해 방법이 유난히 잔인한 점으로 미루어 단순 강도보다는 원한 관계에 의한 살인 가능성에 초점을 맞추고 그녀의 주변 인물을 중심으로 수사를 진행 중이다.

숨이 턱 막혔다. 준호는 자꾸만 아득해지는 정신을 잃지 않으려고 애썼다. 미나는 믿을 수 없다는 표정으로 구석에 실린 기사를 되풀이해서 읽었다.

준호는 벌떡 일어나 창문을 닫았다. 괜히 불안해서였다.

"이제 어떻게 하지?"

"아니야. 준호야. 지금 너무 놀라서 괜히 그렇게 여겨지는 것뿐이야. 죽은 여대생이 우리하고 같이 버스에 탔던 학생이라는 증거가 어딨어? 사진도 없고 아무것도 없잖아?"

"넌 예감, 직감이라는 것도 없니? 이런 식의 불길한 생각은 항상 들어맞아. 확실해. 그 학생이야. 틀림없어. 게다가 이유 없이 불안해했다고 하잖아. 그 일이 있고 바로 다음날, 그러니까 선생이 죽기 전날에 죽은 것도 그렇고, 하루에 한 명씩 차례로 죽어나가고 있는 거라고."

"준호야. 정신 차려. 이성을 찾아. 니 말대도 예감일 뿐이잖아. 틀릴 수도 있어."

미나는 준호를 안으려고 했지만 준호는 그녀를 밀치며 소리 질렀다.

"아이 씨발 좀 가만히 좀 있어봐!"

미나는 흐느끼며 울기 시작했다. 창문을 닫아도 빗소리는 끈질기게 밀려들었다.

# 27

준호는 눈을 뜨기가 싫었다. 차라리 영원히 눈꺼풀이 열리지 않게 해 달라고 기도했다.

— 햇살이 당신을 찾아낼 때까지 달콤한 꿈을 꾸세요.

누군가 그렇게 속삭인 적이 있었던가? 노래 가사였나?

눈을 뜨기 전에 몇 시쯤 되었을까 예상을 해보았다. 대충 짚이는 시간은 아침 7시에서 8시 사이였다. 전날 밤, 혼란스럽고 아찔했던 전날 밤, 다섯 번이나 섹스를 했다. 공포를 잊기 위해서였을까? 아래가 아프다며 미나가 그를 밀어내지 않았다면 밤을 새워가며 더 했을지도 모른다.

여대생의 죽음, 최 주임의 죽음, 그리고 다음은? 차라리 사고사였다면 우연의 일치라고 애써 위로했겠지. 그러나 그들의 죽음은 명백한 타살이었다. 우연이 아니다. 그렇다면 누가?

잠에서 깬 준호는 옆을 돌아보았다. 먼저 일어난 미나가 눈을 뜬 채 가만히 누워 있었다. 준호는 미나의 입술에 키스했다. 그리고 다시 미나의 몸 위로 올라갔다.

"이러지 마. 잠깐만."

미나가 거부했다. 준호는 멈추지 못했다. 일방적인 섹스였다.

허탈한 분출이 끝난 뒤 둘은 한참 동안 누워 있었다. 미나는 주 약사에게 전화를 걸어 몸이 너무 안 좋아서 조금 늦게 출근하겠다고 핑계를 댔다. 주 약사는 애써 친절한 척 응대하면서도 낫는 데로 빨리 나오라고 압력을 줬다.

전화를 끊은 미나가 먼저 준호를 껴안았다. 미나는 준호의 몸을 구석구석 핥았다. 의식을 치르듯 경건하게. 두 번째 모닝 섹스가 끝났을 때는 11시가 넘었다. 잠깐 잠이 들었다.

준호는 나무에 관한 꿈을 꾸었다.

깊은 숲 속이다. 빛과 어둠과 의식과 무의식과 공기와 물이 한데 뒤섞인 공간. 숲을 빠져나가려고 애쓴다. 나무들은 괴상한 신음을 낸다. 숲을 빠져나가고 싶은 마음은 점점 더 조급해진다. 나무들이 너무 빽빽해 걷기도 쉽지 않다. 어두운 빛깔의 다른 나무와 달리 밝은 빛을 내는 나무가 한 그루 서 있다.

이리 와서 쉬어.

그를 반긴다. 나무 아래 지친 발걸음을 멈추고 눕는다. 꿈속에서 겹잠이 든다.

짧은 겹잠에서 깼을 때 놀라운 광경을 목격한다. 나무가 나를 잡아먹고 있다. 끈질긴 나뭇가지들이 몸을 꽉 잡고, 하반신은 이미 나무의 입속으로 빨려 들어갔다. 발악을 하고 소리를 지른다. 숲이 메아리친다.

— 넌 벌을 받을 거야.

나무에게 몸을 뜯어 먹히고 머리만 남았을 때, 꿈에서 깼다.

이러고 있으면 안 돼. 움직이자.

미나도 옆에서 고양이처럼 몸을 웅크리고 잠들어 있었다. 준호는 그녀의 어깨를 잡고 흔들었다.

"미나야, 일어나! 미나야!"

미나는 깜짝 놀란 얼굴로 벌떡 일어났다. 반사적으로 방어적인 몸짓을 취하다가 자신을 깨운 사람이 준호라는 걸 알고 그를 꽉 껴안았다.

"미나야. 갈 데가 있어."

"지금? 어딜?"

"거기."

"거기라니?"

준호는 너도 알지 않느냐는 눈빛으로 대답을 대신했다. 미나는 긴 한숨을 내쉬었다.

"왜?"

"일단 가봐야겠어. 이렇게 멍청하게 앉아 있을 수는 없잖아? 우리라고 무사하란 법이 있어? 다음에는 너나 내 차례일지도 몰라."

"거기 가본다고 무슨 수가 생겨?"

"내 눈으로 다시 확인해야겠어. 여기서 차로 가면 20분도 안 걸리잖아?"

"야산인데다가 어제 비가 많이 와서 올라가기도 힘들 텐데. 그리고 난 무서워."

준호는 미나를 꼭 안아주었다. 만약 자신이 이 지옥에서 살아남는다면 반드시 그녀를, 그녀와의 사랑을 지키리라 다짐했다.

"그래, 가자. 준호야."

미나가 먼저 침대에서 일어났다. 쉽지 않은 일이었지만 준호는 미나를 향해 미소를 지어 보였다.

# 28

숙자의 집 부엌.

싱크대 한쪽에는 고급스러운 우드 블록에 하얀 칼자루의 칼이 가득 꽂혀 있다. 식탁에 숙자와 남편이 앉아 있다. 숙자는 남편과 마주앉아 아침을 먹는 중이었다. 중학생인 아들이 늦었다며 허둥대다가 아침도 거르고 도망치듯 현관을 빠져나갔다.

"녀석. 저러다가 고등학교 들어가면 아예 노상 굶고 지내겠네."

남편은 안쓰러운 눈빛으로 현관문을 돌아보며 말했다. 남편은 된장찌개에 말아놓은 밥을 무덤덤하게 건져 먹었다. 숙자는 별로 입맛이 없는지 몇 숟가락 밥을 뜨다가 수저를 내려놓았다.

"당신, 요즘 좀 이상해. 밥도 먹는 둥 마는 둥. 잠도 제대로 못 자고."

"네? 제가요?"

숙자보다 열 살이 많은 남편은 고개를 끄덕거리고는 김치를 집어먹었다.

"이상하긴요. 밥 많이 먹는다고 구박 줄 때는 언제고."

숙자는 놓았던 수저를 들고 다시 밥을 먹었다.

남편은 식사를 마치고 자리에서 일어났다. 숙자는 못 본 척 계속 밥을 먹었다. 남편은 돌아서려다가 숙자가 밥 먹는 모습을 지켜보았다. 급하다. 예전의 아내는 절대 밥을 급하게 먹는 법이 없었는데. 남편은 다시 자리에 앉았다. 숙자는 더 열심히 밥을 먹는다.

"아니 무슨 밥을 그렇게 쏟아붓듯 먹어? 당신 정말 괜찮아?"

"아니 이 양반이, 늦겠어요. 빨리 나가봐요. 아침에 중요한 약속 있다고 했잖아요."

남편은 좀 더 얘길하고 싶었지만 아내의 말대로 약속 시간이 별로 여유가 없었다. 밤에 돌아오면 꼭 다시 얘길 꺼내야겠다고 마음먹고 자리에서 일어났다. 여느 때 같았으면 마중을 나왔을 숙자는 남편이 현관에서 구두를 신을 때까지 계속 밥을 먹었다.

"갔다 올게. 오후에 돈 입금하는 거 잊지 마."

"알았어요."

남편이 나갔다. 현관문이 닫히는 소리가 들리자 비로소 숙자는 숟가락질을 멈췄다. 거실로 가서 소파에 털썩 앉았다. 숙자는 길게 한숨을 내쉬고 전화기 앞으로 다가갔다. 그리고 강수에게 전화를 걸었다.

"나야 숙자. 낮에 시간 있어? 보고 싶어서. 응, 알았어."

숙자는 간단하게 샤워를 하고 외출 준비를 했다. 까만색 정장 투피스에 큼직한 숄더백을 맸다. 부엌으로 가서 싱크대 위에 놓인 우드 블록에서 긴 칼을 빼냈다. 세트를 살 때 함께 받은 나들이용 특수 칼집으로 칼날을 감싸 가방에 넣었다. 심호흡을 길게 하고 집을 나섰다.

목요일 오전. 도로는 그리 붐비지 않았다. 숙자는 한 시간도 안 걸려 강수의 아파트에 도착했다. 차를 대고 한참 동안 주위를 살폈다. 대낮의 독신자 아파트는 수위가 없음은 물론이고 주민의 발길도 뜸했다. 빠른 움직임으로 엘리베이터를 탔다. 혹시라도 누가 타면 어쩌나 가슴을 졸였다. 다행히 엘리베이터는 멈추지 않고 정확히 강수가 사는 층에서 멈췄다.

엘리베이터에서 내린 숙자는 현관문 앞에서 한참 동안 주먹을 쥐었다 폈다 하면서 숨을 골랐다. 벨을 누르자 누구세요, 라는 강수의 목소리가 들렸다.

"나야."

숙자는 문틈에 얼굴을 바짝 대고 속삭이듯 대답했다.

"일찍 오셨네?"

강수는 방금 샤워를 마친 모양이다. 하얀 타월을 허리에 두르고 몸에는 물방울을 가득 달고 있다. 단단한 근육이 더 돋보인다. 달콤한 몸. 동시에 위험한 마약. 숙자는 시선을 슬쩍 돌렸다.

"누님, 안색이 왜 그래요?"

"아냐, 아무것도. 그냥 몸이 좀 안 좋아서."

숙자는 손을 휘휘 내저었다.

"몸이 안 좋아도 내 생각은 납디까?"

강수는 허리에 감았던 수건을 획 던졌다. 유난히 긴 강수의 성기가 털썩 흔들렸다.

강수는 물기가 묻은 몸으로 숙자를 안았다. 능숙한 솜씨로 옷을 벗기고 침대에 눕히고 애무했다. 여느 때와 다른 점이 있다면 숙자가 전혀 흥분하지 않았다.

"누님, 오늘은 어째 좀 밋밋해요? 몸도 통 젖지 않고."

강수는 불편한 얼굴로 숙자 위에서 끙끙댔다. 그녀 역시 관계가 불편했다. 오래 걸리지 않아 강수는 사정을 하고 옆에 누웠다. 숙자는 티슈로 정리를 하고 천장을 바라보았다.

"몸이 많이 안 좋은가 보네. 누님이 이렇게 아래가 말랐던 적은 처음이니까."

"미안해."

"미안할 것까지야."

강수는 습관처럼 커피를 기다리는 눈치였다. 숙자는 자리에서 일어났다. 정사 후의 디저트, 커피를 탔다. 이번에는 설탕과 프림 이외에 다른 물질을 더 첨가했다. 물론 강수는 그 사실을 전혀 알아차리지 못하고 예전처럼 맛있게 커피를 마시고 담배를 피웠다.

"누님, 제 부탁은 좀 생각해보셨어요?"

"응?"

"에이 왜 이러셔. 투자 얘기했잖아요. 2천만 투자하라고요. 딱 두 배로 튀겨줄 테니까."

"나 그런 비상금은 없어. 일이백도 아니고."

"이러시기예요?"

강수는 인상을 쓰며 숙자를 돌아보았다. 그 눈빛에 애정의 흔적은 없었다. 그제야 숙자는 확신이 들었다. 그녀가 해야 할 일에 대해서.

"사실은 방법을 생각해놨어. 일주일만 기다려봐."

"역시 누님 멋쟁이라니까!"

강수는 동대문에 새로 옷가게를 내서 짭짤한 수입을 올리고 있다는 친구 얘기를 잠시 하다가 잠이 들어버렸다.

숙자는 한참 동안 침대에 걸터앉아 있었다. 코를 골며 잠든 강수의 얼굴을 내려다보았다. 떠올리기만 해도 입에 침이 고였던 한 남자의 얼굴 위로 남편의 얼굴이 겹쳐졌다. 아들의 얼굴, 자신의 얼굴이 차례로 겹쳐졌다. 현기증이 엄습했다.

숙자는 천천히 침대에서 일어나 들고 왔던 백을 열었다. 그리곤 칼을 꺼냈다. 마치 미지의 힘이 조종하는 것처럼 저항할 수가 없었다. 홀렸다고 할까.

숙자는 자신의 행동이 얼마나 큰 결과를 부를지 몰랐다. 완전범죄와는 거리가 먼 허점투성이 범행을 저지르고 있다는 사실도 몰랐다.

누워 있는 강수도 머리맡에 서 있는 그녀도 알몸이다. 숙자는 총의 안

전장치를 풀듯 칼날을 감싼 칼집을 벗긴다. 칼을 머리 위로 치켜든다. 커튼 틈새로 새어든 햇살이 칼날 한복판에 반짝인다.

# 29

준호는 미나의 티코 승용차를 타고 길을 떠났다. 출발한 지 20분 만에 월요일 밤 사건이 있었던 곳을 지나갔다. '그곳'은 고속도로 반대편이었기 때문에 분당까지 가서 유턴해서 돌아와야 했다.

"정말 괜찮겠어?"

미나가 낮은 목소리로 물었다. 준호는 대답을 하지 않았다. 그러기를 바랄 뿐이었다. 준호는 구역질을 애써 눌렀다. 창을 조금 더 열고 바람에 얼굴을 들이댔다. 앞머리가 물결치며 이마를 두드렸다.

"모르겠다. 아무것도 모르겠어."

미나의 음성이 흔들렸다. 준호는 몸을 바로 하고 미나의 허벅지를 천천히 토닥거려주었다.

"우린 괜찮아. 이렇게 같이 있잖아. 니 말대로 최 선생하고 그 대학생
은 우연의 일치일 수도 있어."

준호는 애써 위안을 가지려고 하는 자신의 모습에 또 구역질이 났다.

어떻게 이렇게 일이 꼬이지? 왜 하필 그 남자는 직장을 잃었을까? 왜
직장을 잃은 남자가 자식에게까지 배신을 당해야 하지? 왜 불운한 사람
들은 알코올에 탐닉할까? 왜 그 불운한 취객이 내가 탔던 버스를 탔지?
난 왜 주제넘게 정의의 기사 노릇을 하려고 나섰을까? 왜 죽음은 한 명
으로 끝나지 않았나?

준호는 태어나서 한 번도 점을 본 적이 없었다. 신문에 나는 일일 운
세조차도 눈여겨본 적이 없었다. 운명이란 유 에프 오 같다고 생각했다.
있다고 믿으면 있는 것, 없다고 믿으면 없는 것.

준호는 예전의 믿음을 버렸다.

점을 볼걸. 아마 올해 삼재가 껴 있었을지도 몰라. 밤늦게 돌아다니면
위험하다는 운세가 있었을까? 쓸데없이 남의 일에 나서지 말라, 또는
작은 일을 피하려다 엄청난 재난을 당하는 수가 있다 등의 흔하지만 유
용한 경고를 들었을 텐데.

고속도로가 끝나는 분당에서 방향을 바꾸어 다시 서울 쪽으로 달렸
다. 얼마 안 있어 운명의 터널이 나타났다.

여기서부터 시작이었지.

준호는 침을 꿀꺽 삼키고 심호흡을 크게 했다. 손바닥에서 몹시도 땀
이 났다. 미나의 차는 터널 끝에서부터 천천히 속도를 줄이며 갓길에

들어섰다. 마침내 차가 완전히 멈춰 섰다. 미나는 핸드 브레이크를 당기고 시동을 껐다.

잠시 동안 둘은 꼼짝도 하지 않았다. 열쇠를 빼는 순간 차와 함께 그들의 몸도 멈춰버린 것처럼. 미나가 먼저 입을 열었다.

"내려야지."

미나가 문을 여는 딸깍, 소리에 준호의 가슴이 철렁했다. 먼저 오자고 한 건 그였는데, 앞장서는 사람은 미나였다. 준호는 뒤를 따르며 공포에 사로잡혔다.

시체는 많이 손상되어 있을까? 구더기가 슬었을까? 파리떼에 까맣게 덮여 있을까? 비가 많이 왔는데 퉁퉁 불었으려나. 영화에서처럼 시체가 벌떡 일어나지는 않을까?

흙이 젖어 비탈은 몹시 미끄러웠다. 단화를 신고 온 미나는 발이 미끄러질 때마다 두려움을 참는 신음을 냈다. 준호는 이곳에 찾아온 일을 후회했다.

야산이다 보니 제멋대로 자란 나무가 자꾸 길을 막았다. 월요일에는 너무 경황이 없어 길이 이렇게 험한 줄도 몰랐는데. 방금 전에 꾼 악몽이 떠올랐다. 예지몽(予知夢)이었나? 꿈에서처럼 나무가 잡아먹을 것 같은 상상에 소름이 돋았다.

마침내 그들은 어떤 지점에 이르렀다. 동시에 걸음을 멈추었다. 몇 걸음 앞에 눈앞을 가린 엉성한 덤불만 뚫고 들어가면 '그곳'이다.

결심을 한 준호는 앞장서 덤불을 헤치고 들어갔다. 미나도 뒤를 따랐다. 둘은 제단처럼 둥근 형태로 생긴 땅을 딛고 섰다. 며칠 전 그들이 미친 의식을 치뤘던 곳이었다.

시체는 없었다.

준호는 다리에 힘이 풀려 주저앉았다.

이 일을 어떻게 해석해야 하지? 없다. 정말 없다.

아무리 봐도 비에 흠뻑 젖은 붉은 흙뿐이었다. 구더기도, 파리떼도 없다. 주위를 둘러보았지만 사방이 편편한 데다가 덤불과 나무로 둘러싸여 있어 시체가 비에 쓸려 내려갔을 가능성도 없다. 태풍이 분 것도 아니었다.

그 순간 주위가 어두워지기 시작했다. 준호는 놀라 고개를 들었다. 태양이 사라지고 있었다. 어둠과 광기의 지배자 달이 빛과 질서의 지배자 태양을 집어삼키는 중이었다. 준호는 무력감을 느끼며 달이 태양을 완전히 가려버릴 때까지 서 있었다. 핑크 플로이드의 노래가 떠올랐다.

그대가 만난 모든 사람들.
그대가 깔본 모든 것.
그대와 싸운 모든 사람들.
현재 있는 모든 것.
사라진 모든 것.
다가올 모든 것.
태양 아래 모든 것이 정돈되어 있지만.

태양은 달에 의해 가려진다.


미나는 준호의 손을 잡고 벌벌 떨었다. 준호는 아무 생각도 할 수 없었다. 스스로를 향한 분노와 혐오가 너무 커서 숨이 막혔다.

"여기서 나가자."

미나가 손을 잡고 이끌었다. 준호는 움직이지 않았다.

"나가자니까. 준호야, 제발."

"여기서 나가면? 어디로 가? 우린 죽을 거야. 칼에 맞든지, 독약을 마시고 죽든지. 이번엔 총이려나? 위장한 교통사고?"

미나가 그를 달랬다.

"너무 무서운 얘기만 하지 마. 경찰이 시체를 발견했다고 해서 우리를 찾아낸다는 보장도 없어. 그리고 누가 우리를 죽일 거라는 생각도 짐작일 뿐이잖아."

준호는 반응이 없었다. 그는 좀비 영화의 장면들을 떠올렸다.

살아난 시체들의 밤이다. 좀비들이 살아 있는 자들의 살을 파먹는다. 자신의 한을 풀기 위해 부활한 시체들. 아무도 그들을 막을 수 없다.

준호야. 냉정해야 해. 다시 생각해보자. 난 실수로, 그것도 간접적인 방식으로 한 사람의 죽음과 연결되어 있어. 그리고 시체 두 구를 유기했지. 그게 전부야. 그전까지 난 멀쩡한 가정과 경범죄 한 번 없는 깨끗한 기록의 평범한 시민이야. 정당하게 대가를 치르자. 많이 늦었지만 이제라도 그렇게 하자.

"미나야."

한낮의 어둠 속에서 미나는 떨리는 시선으로 준호를 돌아보았다. 준호는 침을 삼키고 말했다.

"우리 자수하자."

# 30

자신의 둥지로 돌아온 숙자는 거실로 들어서면서 옷을 벗었다. 곧바로 화장실로 직행, 샤워를 했다.

씻어내고 싶다. 며칠 동안의 끔찍한 기억, 강수와 함께 한 1년 동안의 추억, 그 들뜬 호흡과 뜨거운 만족감도 이제 전부 역겹다.

뜨거운 물줄기 아래 샴푸를 가득 짜서 머리에 거칠게 비벼댔다. 함부로 긁는 손가락에 머리카락이 여러 가닥 뽑혀도 상관하지 않았다. 그러다 손길을 뚝 멈추고 샤워기로 머리를 헹궈냈다.

기분 나쁜 느낌이 스멀거렸다. 혼자여야 할 공간에 다른 생명체가 있을 때 감지되는 어떤 기운. 숙자는 뿌옇게 흐려진 화장실 거울을 손으로 쓱쓱 닦았다.

수증기 가득한 화장실. 누군가 뒤에 있다. 너무 놀란 숙자는 비명을 지르지도 못하고 바닥에 주저앉았다. 숙자는 가쁜 숨을 내쉬며 바들바들 떨었다.

바닥에 떨어진 샤워기가 미친 뱀처럼 깔깔거리고 날뛰며 사방에 물을 퍼부어댄다. 팔뚝만 한 길이의 칼날이 번쩍 들렸다가 숙자의 배에 꽂힌다. 칼끝은 유전 시추봉처럼 깊이 들어갔다가 빠져나온다. 피가 터져나온다. 화장실 사면에 튄다. 칼날은 몇 번 더 숙자의 몸을 탐한다.

숙자는 눈을 감지 못하고 죽었다.

# 31

준호는 미나의 침대에서 벌떡 일어났다. 또 다른 악몽이었다.

준호는 기괴한 세계에 있었다. 배가 터진 순대가 뛰어다니고, 시체들이 춤을 추고, 하늘엔 달이 떠 있고, 도시는 불에 타오르고, 푸른 비가 내리고, 나무들이 깔깔대고 울부짖고, 날아다니는 바퀴벌레들, 물에 잠긴 도시를 헤엄치는 돌고래들.

시계를 보았다. 오후 4시.

얼마나 잤을까?

미나는 약국에 나갔다. 자수하자는 준호의 권유에 대해 미나는 조금만 더 생각해보자고 했다. 준호는 미나를 설득하려고 했다.

— 더 생각하다가 죽으면 어떡할래? 시체들까지 사라졌어. 정말 뭔가

가 있다고.

미나는 일단 약국을 다녀오겠다며 방을 나갔다. 준호는 이해했다. 미나의 두려움과 망설임을. 그래도 마냥 기다릴 생각은 아니었다. 하루가 더 지나도 미나가 결정을 내리지 못한다면 준호는 혼자라도 경찰서에 갈 생각이었다. 그건 일종의 도피였다. 이제 그 편이 더 안전하다는 판단이었다.

준호는 서둘러 집으로 왔다. 친구 집에서 자고 온다고 핑계를 대고 한 외박이었다. 집에는 아무도 없었고 식탁 위에 쪽지가 놓여 있었다. 아직 핸드폰이 없는 엄마는 주로 쪽지로 아들에게 메시지를 전하는 습관이 있었다.

— 내일 아빠 생신인 거 알지? 미리 선물 챙겨라.

준호는 식탁에 차려져 있는 밥을 먹었다. 메뉴는 김치찌개와 새우튀김. 몹시 허기진 상태였는데도 음식이 잘 들어가지 않았다. 몇 숟가락 뜨지 못하고 방에 들어왔다. 벽에 등을 기대고 앉았다.

아빠. 내일이 생신이세요? 축하드려요. 생일 선물로 아들이 과실치사에 엮여 있다는 소식을 전해드릴게요. 감옥에 면회와주실 건가요?

다시 마음이 흔들렸다.

그냥 이렇게 아무 일 없이 지나갈지도 모르잖아. 괜히 경찰에 자수해서 일을 크게 만들면 어떡하지? 혹시 내가 최 주임이나 여대생의 죽음과 관련해서 의혹을 받게 되지 않을까?

준호는 《몬테크리스토 백작》, 〈쇼생크 탈출〉, 〈도망자〉 등의 소설과

영화를 떠올렸다. 억울한 누명을 뒤집어쓰고 평생 감옥에 썩을지도 모른다는 생각을 하자 손발이 얼어붙는 것 같았다.

한 가지는 분명해. 조심해야 돼. 나는 괜히 늦은 밤에 돌아다니다가 칼에 난자당하는 일도, 독이 섞인 캔 커피를 무심코 마시고 죽는 일도 없어져. 난 그렇게 멍청하지 않아. 꼭 살아남는다.

불안한 마음과 대결하듯 머리를 싸매고 있던 준호는 갑자기 이상한 질문을 떠올렸다.

그 남자가 분명히 죽었나?

남자의 가슴에 직접 손을 대고 심장이 뛰지 않음을 확인했던 일을 떠올렸다. 준호는 자신의 가슴에 손을 얹어보았다. 놀랍게도 심장 박동이 없었다.


나도 죽었나?

숨을 가다듬고 다시 손을 얹어보았다. 여전히 심장 박동은 느끼지 못했다. 정신이 아득해졌다. 한참 심호흡을 하고 정신을 집중하고 손을 한참 아래로 내린 후에야 일정한 울림을 감지했다. 심장은 그가 생각했던 것보다 더 아래쪽에 있었고 더 약하게 뛰었다.

그래. 그날 밤 그 난리통에 어떻게 심장 박동을 정확히 확인했겠어? 그들은 죽지 않았을 수도 있어.

머리가 지끈지끈 아팠다. 식은땀이 흘렀다. 문득 미나 생각이 났다.

그녀가 위험해.

준호는 벽장에 있던 야구 배트를 들고 나왔다. 조심스럽게 현관문을 열었다. 아파트 복도에는 아무도 없었다. 준호는 야구 배트를 내려놓고 집을 뛰쳐나갔다.

# 32

강수는 깊은 잠에서 깼다. 창으로 들어온 한풀 꺾인 오후 햇살에 눈이 부셨다. 시계를 확인해보니 오후 4시가 넘었다. 낮잠치고는 터무니없이 길었다.

두통이라고는 경험해본 적 없는 강수였는데 지끈지끈 머리가 아팠다. 숙자가 몰래 커피에 탄 수면제를 먹었기 때문이라는 사실은 짐작하지 못했다. 그나마 오후 레슨 시간인 5시 전에 일어난 게 천만다행이라고 위안 삼았다. 그런데 숙자가 없었다.

이 아줌가가 이런 식으로 사라지는 일은 한 번도 없었는데. 뭔가 찜찜한 하루군.

강수는 관자놀이를 주무르며 침대에서 일어났다.

# 33

준호가 미나의 집에 도착할 무렵 하늘이 조금씩 어두워졌다. 벨을 누르자 미나는 물어보지 않고 문을 열었다. 하얀 민소매 원피스를 입은 미나의 얼굴은 더 파리해 보였다. 그와 함께 기름진 냄새가 준호의 후각을 자극했다. 준호는 미나를 버럭 안았다. 미나도 준호를 안은 팔에 힘을 주었다.

"얼마나 더 끔찍한 일이 기다릴지 모르지만 널 만나서 난 행복했어."

준호는 속삭였다. 잠시 격하게 안고 있던 둘은 문을 닫고 안으로 들어갔다. 두 사람이 앉으면 꽉 차는 간이 식탁 위에 탕수육이 준비되어 있었다.

"저녁 안 먹었지?"

"아니, 이걸 직접 만들었어?"

미나는 고개를 끄덕이며 젓가락을 건넸다. 몹시 허기가 졌다. 준호는 좋은 냄새를 풍기는 소스에 촉촉이 젖은 고기를 한 점 집어들었다.

"잘 먹을게. 먹고 죽은 귀신이 때깔도 좋다는데."

준호는 고기를 입에 넣었다. 냄새로 기대한 수준을 뛰어넘는 맛이었다. 몰릴 데로 몰린 이들이 그러하듯 준호 역시 엉뚱한 생각으로 지금의 고통을 잊으려고 했다. 그것은 본능적인 심리적 방어기제의 일종이었다.

모든 일이 다 정리되고 나면 먼 훗날에 또 이렇게 같이 밥을 먹을 거야. 니가 만든 음식을 같이 먹고 너와 날 반반씩 닮은 아기도 낳고.

"맛이 어때?"

미나는 조심스러운 표정으로 물었다.

"정말 끝내주는데? 넌 왜 안 먹어?"

"요리하면서 많이 집어 먹었어."

미나는 같이 차린 국수만 몇 가닥 건져 먹었다. 배고프고 맛있어서 급히 먹던 준호는 어느 순간부터는 배가 찼는데도 무의식적으로 음식을 입에 넣고 씹어 삼키는 행동을 반복했다.

결국 신고하는 게 좋겠지? 내일 아침에 자수하자. 큰 벌을 받진 않을 거야. 징역을 피할 수 있을까? 주위 사람들은 어떻게 반응할까? 아빠는, 엄마는 뭐라고 할까? 친구들은 어떻게 받아들일까?

"그렇게 맛있어?"

미나의 목소리를 듣고서야 준호는 정신을 차렸다. 탕수육이 담겨 있던 그릇이 싹 비었다.

"더 해줄까?"

준호는 손과 고개를 동시에 내저으며 젓가락을 내려놓았다.

"아냐. 너무 맛있어서 좀 과식했다. 너 나중에 식당 차려도 되겠다."

"식당은 필요 없어. 내가 해주는 음식을 맛있게 먹을 남자 한 명만 있으면 돼."

미나의 목소리는 나지막했고 시선은 떨렸다. 준호는 미나의 손을 잡았고 다시 결심했다.

'너를 지킬게. 우리의 사랑을 지킬게.'

미나가 물었다.

"우리 자수하면 어떻게 될까?"

"벌을 받겠지."

"얼마나 큰 벌?"

"나도 잘 몰라."

"넌 똑똑하잖아. 좋은 대학도 다니고."

"법학과가 아닌 이상 그런 것까지 알 수는 없어. 어디 물어볼 데도 없잖아."

미나는 한숨을 쉬고 다시 물었다.

"시체들이 사라진 건 도대체 어떻게 된 걸까? 약국에서 내내 생각해 봤는데도 영문을 모르겠어."

"자수를 하면 수사관들이 밝혀내겠지."

준호는 억울한 누명에 대한 우려는 말하지 않았다.

미나가 빈 그릇들을 들고 싱크대로 갔다. 준호는 지난번처럼 설거지를 도와줄까 하다가 그냥 앉아 있었다.

미나의 뒷모습을 지켜보았다. 하얀 민소매 원피스의 허리께 붉은 앞치마 끈이 리본으로 매져 있다. 그 모습이 와락 안고 싶을 만큼 섹시했다. 준호는 다가가 뒤에서 미나를 안았다. 미나의 향기로운 목덜미에 입을 맞췄다.

"침대에서 기다려줘. 곧 갈게."

미나는 촉촉이 젖은 목소리로 말했다. 준호는 미나의 가슴께를 가볍게 어루만지고 침대로 와서 누웠다. 곧 졸음이 밀려들었다. 견디기 힘든 무게로 눈꺼풀이 감겼다.

왜 이러지? 포만감 때문인가?

악몽을 꾸기 싫어 잠들지 않으려고 했지만 물과 그릇, 수저가 부딪히는 소리가 아득하게 멀어져간다. 파도 소리처럼. 먼 속삭임처럼.

# 34

눈을 뜨기 쉽지 않았다. 머리가 깨질 것처럼 아팠고 손목과 발목에도 극심한 아픔이 느껴졌다. 의식이 돌아온 후에도 준호는 한참 동안 마른 기침을 뱉었다.

뚜렷한 영상은 보이지 않았다. 흐릿한 불빛 속에 정체 모를 그림자들이 어른거렸다. 불현듯 입술에 뭔가 와 닿았다. 싸늘한 금속의 감촉이었다. 준호는 고개를 돌렸지만 감촉은 그의 입술을 쫓아왔다. 철제 컵이었다. 컵에는 물이 들어 있었고 준호는 본능적으로 물을 마셨다. 물론 누군가가 컵을 기울여주었기에 가능한 일이었다. 입을 축이고 나자 한층 더 정신이 들었다.

가장 먼저 정상으로 돌아온 감각은 후각이었다. 몹시도 강렬한 냄새가 났다. 지독한 비린내. 뭔가가 고약하게 썩어들어가는 악취. 구토를 하고 싶었지만 그럴 힘이 없었다.

그리고 시각이 천천히 회복되었다. 도무지 정체를 알 수 없는 공간이었다. 벙커처럼 생긴 실내였다. 나무 의자에 앉은 자세로 팔과 다리가 단단히 묶여 있어서 주위를 제대로 돌아보기 어려웠다.

그때 무서운 광경이 눈에 들어왔다. 미나였다. 그녀 역시 준호처럼 두 손이 뒤로 묶여 의자에 앉아 있었다. 의식을 잃은 듯 고개를 축 늘어뜨린 채로.

"미나야!"

소리쳤지만 반응이 없었다. 몇 번 더 미나를 불렀다. 목소리가 갈라져 나왔다. 미나가 꿈틀, 움직임을 보였다.

"정신 차려봐. 미나야. 나를 좀 봐."

미나가 아직 살아 있다는 사실에 일말의 안도감이 들긴 했지만 그녀 또한 자신과 같은 처지임을 깨닫고는 고통스러운 절망감에 휩싸였다.

미나가 겨우 고개를 들었다.

"미나야. 정신이 좀 들어? 뭐라고 말 좀 해봐."

미나는 공포에 질린 눈으로 준호를 보았다. 무슨 말을 전하려는 듯 입술을 달싹였다.

"왜 그래? 미나야! 말을 해봐! 제발."

미나는 턱을 덜덜 떨다가 겨우 입을 열었다.

"준호야. 너, 너 뒤, 뒤에 누가 있어."

# 35

기절할 것 같은 두려움이 준호의 목을 죄었다.

드디어 사신(死神)이 찾아왔구나. 누굴까? 대체 누굴까? 나를 어떻게 죽일 건가요? 칼로? 망치로? 목을 졸라서?

준호는 고개를 돌려 뒤를 보려고 했다. 그러나 목이 돌아가는 범위 내에서는 아무도 보이지 않았다. 눈을 감고 청각에 모든 신경을 집중했다. 인기척도 없었다.

귀신이란 말인가?

준호는 다시 눈을 떴다.

"미나야. 말해줘. 내 뒤에 누가 있는데?"

"설명할 수 없어. 왜냐하면…."

거기까지 말한 미나는 입을 다물었다. 괴로운 침묵이 흘렀다.

왜? 왜 설명할 수 없는데? 대체 누구란 말야?

불과 몇 분 만에 준호의 정신이 너덜너덜해졌다. 공포라는 칼에 난도질을 당했다. 준호가 흐느끼기 시작했다. 그 모습을 본 미나가 천천히 말했다.

"왜냐하면 아무도 없으니까."

"무슨 소리야? 누가 뒤에 있다면서?"

그때였다. 미나의 얼굴이 천천히 바뀌었다. 그 상황에서 도저히 보일 수 없는 밝은 미소를 띤 얼굴로. 준호는 어릴 적 마음을 졸이며 보았던 〈전설의 고향〉 한 장면을 떠올리며 몸을 부르르 떨었다. 하얀 소복을 입은 어여쁜 여자가 꼬리 아홉 달린 여우로 변하던 장면. 그 의식을 목격한 자는 모두 죽어야 했다.

놀랍게도 미나가 의자에서 훌쩍 일어났다. 의자 등받이 뒤로 두 손을 겹쳐놓고 있었던 탓에 손이 결박당한 것처럼 보였지만 실상 미나의 손목은 처음부터 묶여 있지도 않았다.

"미나야. 이게 어떻게 된 일이야?"

미나는 미소 띤 얼굴로 천천히 준호 앞으로 걸어왔다. 준호 옆에 선 미나는 고막을 자극하는 하이톤으로 깔깔대며 웃었다. 준호는 멍하니 입을 벌릴 뿐이었다.

"미나야. 왜 그래? 지금 이게 다 뭐야?"

"너무 재밌다. 어쩜 그렇게 병신같이 속아?"

미나는 한참을 깔깔대다가 순식간에 굳은 표정으로 말했다.

"뭘 그렇게 멍하니 입을 벌리고 있어? 병신같이. 입 다물어."

준호는 놀라서 혀를 깨물었다.

"이준호. 너의 성격적인 특성이 뭔지 알아? 결함이라고 해야겠지? 넌 말이야, 생각이 너무 많아. 잔머리를 굴린다는 표현이 더 어울리겠군. 그 잔머리로 한참 계산을 한 후에 언제나 멍청한 결정을 내리니 딱할 수밖에. 게다가 넌 운도 별로 없어 보여. 솔직히 말할게. 니가 괜히 사건 현장에 찾아가자는 등 자수를 하자는 등 쓸데없는 짓만 안 했어도 난 널 살려주려고 했어. 정말 너와 새로운 인생을 살아볼까 생각했었어."

"미나야."

준호는 애원하는 눈으로 미나를 보았다. 그녀의 얼굴에는 표정이 없었다. 검었다. 피부는 하얀색이었지만 아무런 감정도 온기도 느껴지지 않았기에 심연처럼 검게 느껴졌다.

"그동안 내 이름을 그렇게 다정하게 불러줘서 정말 고마웠어. 사실 넌 기본적으로 선한 남자야. 물론 현실적인 한계를 명확하게 갖고 있는 선함이지. 난 그런 게 더 역겹더라."

"미나야. 제발."

미나가 대답을 해주지 않자 준호는 주변을 다시 살폈다. 낡은 테이블에 촛불이 하나 켜져 있었다. 촉촉한 질감의 흙바닥에는 얇은 비닐이 넓게 깔렸다.

"준호야. 정신 차려. 그렇게 날 불러봤자 상황이 바뀌진 않아. 얼마 남지도 않은 목숨을 자꾸 재촉하지 마."

미나는 준호 뒤쪽으로 가서 뭔가를 들고 왔다. 칼이었다. 칼날은 20센티미터쯤 되어 보였는데 식칼치고는 칼날이 얇았고 과도라고 하기엔 날이 길고 예리했다. 흔히 회칼, 일본어로 사시미칼이라고 부르는 종류의 칼이었다.

준호의 동공은 최대한으로 팽창했다. 심장 박동도 점점 빨라졌다. 두 팔이 의자 뒤로 묶이고 발목도 서로 묶인 자세에서 준호가 공포에 대응해서 할 일이라고는 고작 그 정도였다.

"너무 꽉 묶었나? 내가 뭘 묶는 데는 좀 서툴러. 여자 혼자 힘으로 해내기엔 정말 힘든 계획이었어. 다른 인간들 처리하는 것도 그랬지만 아까 집에서 널 차에 실을 때도 힘들어 죽는 줄 알았어."

"왜? 미나야, 왜?"

"머리가 좀 아프지? 수면제를 먹은 데다 도중에 클로로포름까지 들이마셨으니 정신이 없을 거야. 걱정 마. 그런 상태에서 죽이지 않을 테니까. 죽음의 순간순간을 느낄 수 있을 만큼 정신이 들 때까지 기다려주겠어."

미나는 준호 앞에서 느린 걸음으로 왔다갔다 반복했다. 그러다 걸음을 멈춘 미나는 희미한 불빛에 칼날을 비쳐 보았다. 미나는 교실에서 거울로 햇빛을 반사시켜 친구 눈을 부시게 하는 장난을 치는 아이처럼 칼날로 불빛을 반사시켜 준호의 눈을 괴롭히며 킥킥거렸다.

"미나야, 왜 칼을 갖고 그래? 정신 차려."

준호의 목소리는 떨리고 있었고, 미나는 그의 말이 끝나기도 전에 통쾌하게 웃어댔다. 미나의 히스테릭한 웃음소리를 들으며 준호는 고개를 숙이고 몸을 부르르 떨었다.

"정신 차리라고? 대사가 바뀌었잖아. 이준호. 니가 정신 차려. 칼자루를 잡은 건 나야. 왜 내가 칼을 들고 있겠어? 응? 니 눈에 불빛 비추는 놀이를 하려고?"

미나는 칼끝으로 준호의 뺨을 가볍게 그었다. 준호는 비명을 지르며 고개를 확 피했지만 이미 뺨은 꽤 깊이 베인 후였다. 피가 흘러나왔다. 입술 안쪽으로 타고들어간 피 맛은 혀를 깨물었을 때보다 훨씬 더 비릿했다. 준호는 끙끙대며 몸을 비틀었다. 워낙 단단하게 잡아 묶은 노끈은 점점 더 준호의 피부를 파고들었다. 혼자서는 도저히 끈을 풀 수 없음을 확인했다. 피 맛을 보자 죽음의 공포가 더 노골적으로 준호를 움켜쥐었다. 준호는 몸을 뒤흔들며 웅얼거리는 신음을 내질렀다.

"정신 산란하게 만들지 말고 가만히 앉아 있어. 죽기 전까지 고운 얼굴로 있으려면 말이야."

미나는 사뿐사뿐 걸어다니다 준호 옆 나무 테이블을 손으로 툭 두드렸다. 촛불이 불안하게 흔들렸다. 미나는 낮은 목소리로 콧노래를 불렀다. 준호는 속으로 간절히 되뇌었다.

정신 차리자. 준호야 제발. 놓아버리지 마. 지금 니 앞에 있는 여자는 니가 지켜주고 싶었던 불쌍한 미나가 아니야. 정신이 온전치 않은 살인마 사이코야. 허점도 있을 거야. 침착하게, 최대한 시간을 끌어보자.

"따라라라라란딴 따라라라라…."

미나는 같은 멜로디를 되풀이해서 흥얼거렸다.

"그 노래 좋아해?"

준호가 조심스럽게 물었다.

"뭐?"

"니가 흥얼거리고 있는 그 노래를 좋아하느냐고."

그러자 미나가 흥미로운 얼굴로 준호를 대했다.

"신기하네. 지금 그런 게 궁금해?"

"나도 그 노래를 좋아하거든."

미나는 어깨를 으쓱하더니 땀에 젖은 준호의 머리를 쓰다듬었다.

"좋아하진 않아. 제목도 몰라. 선미라는 계집애가 죽기 직전에 흥얼거리던 노래야. 칼에 맞을 때 이 노랠 듣고 있었나 봐. 그년이 데리고 다니던 개새끼도 손을 봐줬어야 했는데. 건방지게 날 보며 짖었어."

"그 노랜 〈스탠드 바이 미〉라는 노래야. 유명한 벤이킹 노래를 리메이크 한 건 아니고, 제목은 똑같은데 다른 노래지. 오아시스라는 그룹이 불렀어."

"근데 왜 지금 그런 얘기를 해?"

준호는 대답 대신 빠른 목소리로 다른 질문을 던졌다.

"왜 날 죽이려고 해?"

미나는 천천히 고개를 끄덕였다. 그리고 서늘한 칼날을 준호의 목 뒤에 갖다 대었다. 준호는 경직되어 눈을 감았다.

"내가 왜 널 죽이려고 하느냐고? 그래. 알고 싶겠지."

미나는 칼을 등 뒤에 감추고 준호의 뺨에 키스했다. 느리고 정성스러운 동작이었다.

"넌 내가 미쳤다고 생각하지?"

준호는 뭐라고 대답해야 할지 몰랐다.

"얘기해봐. 내가 미친년으로 보이지?"

"아니."

"그럼 며칠 전까지만 해도 같이 사랑을 나누던 남자를 묶어놓고 칼부림하는 년이 정상으로 보여?"

"이유가 있겠지. 아무 이유도 없다면 넌 정말 미친 거야. 니 말대로 그냥 미친 년 이상도 이하도 아니지."

미나는 준호의 대답이 마음에 드는 표정이었다. 준호는 애써 두려움을 이겨내며 미나와 눈을 마주했다. 어느 순간, 미나는 고개를 돌리고 준호를 등진 채 팔짱을 끼고 섰다. 미나가 말했다.

"이유라. 이렇게 말해보자. 사람이 사람을 죽이는 이유는 수백 가지가 있어. 피부색이 다르다는 이유만으로도 수많은 사람을 죽이기도 하니까 말야. 그러나 세상 사람이 모두 살인을 하는 건 아냐. 의도적인 살인은 특히. 그건 선택받은 자들만이 할 수 있는 특별한 의식이야."

미나는 그쯤에서 말을 멈췄다. 준호가 말했다.

"얘기 계속해봐."

"정말 계속 듣고 싶어?"

카랑카랑하던 미나의 목소리는 차분하게 가라앉았다.

"듣고 싶어."

"먼저 인사시켜 줄 사람들이 있어."

미나는 준호가 묶인 의자를 비스듬히 기울인 다음 180도 방향으로 틀어놓았다. 준호는 자신이 보지 못했던 나머지 공간을 볼 수 있었다. 어두침침한 벙커형의 실내에는 고물이 쌓여 있었다. 체인이 빠진 자전거, 시계추가 달아난 괘종시계, 고장 나고 녹슨 농기구들, 부서진 가구들. 아마도 쓰레기를 쌓아놓고 방치하는 창고로 짐작되었다.

그리고 그들이 있었다. 준호는 심장 언저리를 주먹으로 얻어맞는 충격을 느꼈다. 고물 더미 옆에 시체 두 구가 비닐에 허술하게 싸여 있었다. 준호가 의식이 들면서부터 맡았던 맹렬한 악취는 시체 썩는 냄새였다. 준호는 신음하며 고개를 돌렸다.

"며칠만이지? 인사해."

미나는 준호의 고개를 손으로 잡아 돌려 시체를 보게 했다.

"미나야. 도대체 무슨 짓이야? 이러지 마. 제발."

애써 평정을 유지하던 준호의 목소리가 흐트러졌다. 그는 쉬지 않고 부르르 몸을 떨었다.

"기사 아저씨는 지금 많이 망가졌어. 가슴 부위 살을 내가 많이 잘라 냈거든."

"아니 왜 그런 끔찍한…."

"왜 이래? 맛있게 먹을 때는 언제고."

머리가 하얘졌다.

아까 저녁에 먹었던 달짝지근한 고기가 바로?

참기 힘든 구역질에 욱욱거리지만 입에서 나오는 건 신물뿐이다. 준호는 있는 힘을 다해 몸부림쳤다. 그때마다 준호를 묶고 있는 노끈이 살갗을 파고들었다.

준호가 날뛰자 미나가 다가와 목에 칼을 바싹 갖다 댔다.

"가만 있어."

준호는 고개를 숙이고 엉엉 소리를 내어 울었다. 미나는 칼로 준호의 고개를 들어올렸다. 미나의 얼굴에 뭐라 설명하기 어려운 만족감이 보였다. 미나가 말했다.

"그저께 내가 성에 대해 한 이야기 기억나? 성 밖에 버려진 사람들의 얘기를 해주지."

미나는 준호 앞에 누워 있는 남자의 시체를 발로 툭툭 차면서 잠시 말을 끊었다.

"이 남자는 말이야 원래는 개미처럼 열심히 살던 소시민이었어. 돈을 얼마 못 벌어도 열심히 일했고 가족들한테도 잘해줬어. 근데 마누라가 바람을 피웠어. 동네 낚시 가게 주인하고 눈이 맞았지. 어느 날 고등학교에 다니던 딸이 학교가 오전 수업만 하고 끝나는 바람에 일찍 집에 돌아왔을 때였어. 집에 들어갔다가 엄마의 끈끈한 신음과 낯선 남자의 헉헉거림을 들었어. 그때 열일곱 살이었던 소녀는 직감적으로 사태를 파악했지. 그 순간 소녀는 하늘에서 거대한 영혼이 내려와 가슴속에 잉

태되는 짜릿한 충격을 느꼈어. 엄마에 대한 실망이나 배신감 따위의 흔한 느낌이 아니었어. 뭐라고 표현할 수 있을까? 예술가로 치면 자신의 천재성을 불현듯 깨닫는 순간이랄까? 동성연애자가 성정체성을 알아차리는 순간? 평범하게 살던 사람이 신내림을 받는 순간? 소녀는 조금도 머뭇거리지 않았어."

미나는 오래전 운명적인 그날의 기억을 떠올렸다.

# 36

미나는 마루에서 교복을 벗고 알몸이 되었다. 부엌을 살폈다. 제일 큰
칼을 찾아 들고 천천히 미닫이문을 열었다. 엄마와 남자는 미나의 등장
도 눈치 채지 못할 정도로 한낮의 정사에 열중하고 있었다. 엄마는 깔
려 있고 남자의 살집 좋은 알몸이 엄마의 몸을 덮은 채 바쁘게 움직이
는 중이었다. 미나는 칼로 남자의 목을 찔렀다. 몸부림치며 허우적대는
남자를 상대로 난투극을 벌이다시피 칼을 휘둘렀다.

얼마 걸리지 않아 방은 온통 피바다로 변했다. 엄마는 방구석에서 벌
벌 떨며 피를 뒤집어썼다. 미나 역시 피칠갑이 되긴 마찬가지였다. 미나
는 칼을 들고 엄마 앞으로 다가갔다. 엄마는 쇼크로 정신이 나갔다. 딸
은 엄마를 죽이는 대신 정신을 잃고 쓰러진 엄마에게 칼을 쥐어주고 방

을 나갔다.

　화장실에서 몸을 깨끗이 씻었다. 미나는 마루와 방에 찍힌 피 묻은 자기 발자국을 걸레로 지울 정도로 침착했다. 엄마는 피바다가 된 방에서 멍하니 눈을 뜨고 그런 딸의 모습을 지켜보았다.

　"밥 먹고 올게."

　미나는 엄마에게 마지막 말을 남기고, 교복을 입고 집을 나왔다.

# 37

"자, 그다음은 어떻게 됐느냐?"

미나는 앞에 있는 시체를 내려다보면서 말을 이었다.

"경찰은 이 남자의 아내를 잡아갔어. 경찰은 그녀가 정을 통하던 남자와 다투다가 남자를 살해한 후 미쳐버린 것으로 사건을 매듭지었으니까. 불행인지 다행인지 정신이 완전히 나가버린 탓에 감옥에 가는 일은 면할 수 있었지. 아마 지금도 어디 정신병원에 처박혀 있을걸. 마누라를 그렇게 보내고, 이 남자는 마누라 대신 소주병을 옆에 끼고 살기 시작했어. 직업이 버스 기사였던 그는 술 때문에 직장을 잃었어. 더 이상 삶의 희망이 없었지."

준호는 미나가 왜 이런 이야기를 구구절절 해주는지 이해가 가지 않았다.

그게 나와 무슨 상관이지? 신문 사회면에 종종 나오는 한 가정의 몰락이 2002번 버스를 둘러싼 이 끔찍한 사건하고 무슨 관련이 있단 말인가?

미나는 계속 말을 이었다.

"그런데 딸은 그렇게 쉽게 삶을 포기하지 않았어. 비록 심연에는 살인마의 영혼이 숨어 있어도 예쁜 데다 똑똑한 소녀였거든. 그녀에겐 남들처럼 그럴듯하게 살고 싶은 욕구가 엄청났어. 언젠가 얘기한 것처럼 성 안의 사람들을 부러워했지. 광기로 번들거리는 살인마의 영혼은 오랫동안 모습을 드러내지 않았어. 애비란 사람은 매일 술에 취해 신세타령을 하며 울어 재꼈지만 딸은 술주정을 참아내며 학교를 마쳤어. 대학 기숙사에 들어가면서 드디어 지긋지긋한 애비와 떨어졌어. 좋은 학교는 아니었지만 누구보다도 더 열심히 살았어. 대학 시절 아르바이트로 모은 돈과 2년 동안 직장 생활을 해서 모은 돈으로 원룸 전세금을 장만할 정도였으니까. 그렇게 박박 기어올랐어. 게다가 멀쩡한 직장과 자기 소유의 집까지 있는 남자와 연애해서 프러포즈까지 받았어. 남자는 그녀를 성 안으로 데리고 가겠다고 약속했지. 그녀는 희망에 부풀었어. 이제 조금만 더 올라가면 성 안으로 들어간다. 조금만 더…."

미나는 말을 하다 말고 눈을 감았다. 꿈을 꾸는 편안한 표정으로 침전했다. 준호는 조금씩 평정을 찾아가고 있었다. 조심스럽게 고개를 돌려 어둠 속을 정탐하다가 손잡이가 달려 있는 문을 발견했다. 준호는 문을 뚫어져라 바라보며 문 밖의 세상을 상상했다. 기적을 바랐다.

　"사실 그녀로서도 살인마의 영혼은 끔찍했어. 하이드 씨를 끔찍해하는 지킬박사처럼 말이야. 성 안으로만 들어갈 수 있다면 무의식 아래 잠든 괴물이 다시 나오지 않으리라 생각했어. 그래서 더 안정된 삶을 갈구했을지도 몰라. 결혼 얘기가 오가면서 남자는 그녀가 애써 회피하던 집안 이야기를 궁금해했어. 그녀는 남자에게 가정 형편을 털어놓았어. 사랑이라는 알량한 개수작을 믿었기에 남자가 이해를 해줄지도 모른다고 어림없는 착각을 한 거지."

　엄마 이야기는 어릴 때 죽었다고 둘러대었다. 아빠가 문제였다. 남자친구와 만난 자리에서도 그는 만취해서 술병을 깨고 처음 보는 남자친구 멱살을 잡고 쌍욕을 늘어놓았다. 그 일 이후로 남자친구는 조금씩 미나를 밀어내는 기색이 역력했다. 결국 미나를 성 안으로 데려가기로 약속한 남자는 떠나버렸다. 그 순간 심연에 잠들어 있던 살인마의 영혼이 깨어나서 미나를 비웃었다.

　— 거 보라고. 세상은 널 딱 그 정도로 대접한다고. 병신 같은 년.

　미나는 깨달았다. 모든 건 다 원점에서 출발한다. 저주스러운 뿌리를 완벽하게 끊어버리지 않는 이상 바뀌는 건 없다. 성 안에 들어갈 수도 없고 하이드 씨도 사라지지 않는다.

　"그래서 어느 날 저녁 아빠를 만나 얘기했어. 인연을 지워버리자고, 이제 놓겠다고. 다시는 보지 말자고. 아빠는 순순히 수긍했어. 알겠다며 술을 들이켰지. 제정신일 때 말했지. 그래. 애비가 사라져야만 니가 행복하다면 그렇게 하겠다."

미나는 갑자기 깔깔대며 웃기 시작했다. 준호는 미나의 웃음소리가 마치 바늘처럼 온몸을 찌르는 기분이었다. 준호는 의자가 흔들리도록 몸을 떨었다. 미나는 시체를 보며 말했다.

"그다음부터는 너도 아는 얘긴데. 그날 밤 부녀는 버스를 탔어. 아빠가 굳이 바래다주겠다며 버스를 따라 탄 거지. 정말 남남처럼 떨어져 앉아 있었어. 그녀는 울었지. 가혹한 운명이 원망스러워서 울었어. 그리고 완전히 버림받은 애비가 불쌍해서 울었어. 그날 밤 남자는 딸아이에게 마지막 절규를 남기고 어이없이 죽어버렸지. 너도 들었지? 우리 아빠가 널 붙잡고 얘기했으니까 말이야."

준호의 머릿속에 생생한 영상들이 빠른 속도로 겹쳐졌다.

— 나도 운전을 하고 싶어! 난 니 녀석이 초등학교 입학하기도 전부터 운전을 했단 말이여. 니미 개 같은 세상. 그런데 니 놈들이 날 이렇게 내쫓을 수 있어? 응? 어떻게! 그리고 이젠 자식 놈까지 날 버렸어. 난 너 하나 보며 이렇게 살아왔는데, 이제 애비가 부끄럽다 이거냐? 으흐흐. 이제 남남으로 지내자고?

차오르는 달, 승객들의 비명, 누군가에게 시위라도 하듯 절규하던 남자, 두 손에 얼굴을 파묻고 울던 미나, 자신의 몸 아래 깔려 숨을 거둔 남자, 괴물 같은 산, 함께 비겁했던 사람들.

미나는 남자의 시체 위에 몸을 숙이고 서럽게 흐느꼈다. 한참 동안 짐승처럼 섬뜩한 울음소리를 내더니 갑자기 고개를 들었다. 독기가 잔뜩

오른 눈동자를 부라리며 준호 앞으로 다가왔다.

"너희들은 역겨웠어. 성 안의 주민도 성 밖의 지저분한 인간들과 다를 게 하나도 없다는 걸 또 다시 확인했지. 그래. 인간이란 원래 그렇게 하찮은 존재고, 세상이란 그런 인간이 득실대는 절망의 공간이야. 너희들이 아빠 시체를 몰래 버리려고 나갔을 때 난 버스에 있던 아줌마와 여대생의 핸드백에서 신분증이랑 집 주소를 찾아 적었지. 날 거부한 성 안의 사람들에게 내 철저한 고통을 되돌려줄 수 있는 복수의 기회가 왔음을 깨달았던 거야. 난 팽창하는 살의에 전율했어. 오랫동안 잠자고 있던 살인마의 영혼이 피에 굶주려 날뛰었어. 괴물이 부활했어. 열일곱 살 소녀의 가슴에 울려퍼지던 계시가 다시 천둥처럼 작렬했어. 천국에서의 종보다는 지옥에서의 왕이 되라!"

미나는 두 팔을 뻗고 준호의 앞을 어지럽게 걸어 다녔다. 칼춤이었다. 무당의 굿이었다.

"너희 구더기 같은 놈들은 버스 기사의 시체마저 그냥 버리더군. 어떻게 그래? 대답해봐. 너희들은 인생의 의미에 대해 고민하고 정의란 무엇인지 관심 있는 척하는 족속들이잖아. 어떻게 그런 짓들을 할 수 있지?"

미나는 준호의 목에 칼을 들이댔다. 준호는 겁에 질린 목소리로 말했다. 아무리 말해도 소용없음을 알면서도. 왜냐하면 앞에 서 있는 사람은 26살 평범한 약국 직원이 아니라 17살에 엄마의 정부를 칼로 난자해서 죽인 살인마니까.

"성 같은 건 없어."

준호의 대답에 미나는 고개를 내저었다.

"정말 역겨운 개자식이군. 그래. 넌 성 안에 있으니까 그렇게 말하겠지. 니가 성 밖에 버려진 자들의 처절한 고통을 정말 절실하게 공감해봤어? 넌 지금 생각하겠지. 이 여자는 불우한 성장 과정 때문에 살인마가 되어버렸구나. 이 여자는 정신병자야. 자본주의 사회는 많은 병폐를 갖고 있어. 우린 소외된 계층에 관심을 가져야 해. 뭐 이런 식으로. 그렇지? 그렇게 생각하고 있지? 병신아, 틀렸어. 나보다 훨씬 더 어렵고 훨씬 더 망가진 집에서 자란 아이들도 멀쩡하게 크는 놈은 멀쩡하게 커. 클린턴 대통령도 알코올 중독자 양아버지한테 매일 맞으면서 컸다잖아. 그러니 날 동정할 생각은 하지 마. 난 살인의 쾌감을 제대로 느낄 줄 아는 선택받은 종족일 뿐이야."

미나는 느슨하게 잡고 있던 칼을 단단히 고쳐 잡았다. 준호는 눈을 번쩍 떴다.

"사람을 죽일 때 말이야, 가장 흥분될 때가 언제인지 알아? 죽이기 직전의 긴장감도 괜찮지. 수십 대의 첼로가 한꺼번에 저음을 연주한다고 상상해봐. 그런 소리가 들려. 그리고 희생자가 죽음의 공포를 직감하는 절망적인 순간도 짜릿하지. 기다리고 있던 수많은 바이올린이 한꺼번에 강렬한 스타카토를 연주해. 살인의 과정은 어떤 예술도 재현할 수 없는 격정의 도가니지. 바이올린, 트럼펫, 티파니, 심벌즈, 모든 악기가 자기 파트를 충만하게 연주하면서 흥분에 가득 찬 클라이맥스가 폭발

해. 살아 있는 근육이 칼날을 잡고 들어가는 느낌, 사방으로 튀는 피, 단말마의 비명!"

미나는 지휘하듯 칼을 허공에 휘둘렀다. 칼끝이 준호의 눈 앞을 아슬아슬하게 스쳤다.

"하지만 내가 가장 좋아하는 파트는 그다음 부분이야. 한껏 포르테로 진동하던 음들이 서서히 잦아들고 영원한 정적을 향해 소멸해가는 순간, 심장의 박동이 느려지고 분수처럼 내뿜는 핏줄기의 기세도 약해지지. 아직 살아 있음을 증명하는 경련마저도 천천히 사라져. 눈 앞에서 인간이라는 역겨운 존재의 소멸을 지켜보고 있는 기분이란."

차분하게 말을 맺은 미나는 조금도 머뭇거리지 않았다. 칼로 준호의 가슴을 쑤욱 찔렀다. 피가 흘러나옴과 동시에 준호의 입에서 비명이 터졌다. 미나는 준호의 비명보다 더 큰 웃음소리로 어두침침한 공간을 뒤흔들었다.

칼날은 심장이나 폐 등의 중요한 장기는 피해 갔지만 피는 쿡쿡 뿜어져나왔다. 준호는 정신을 잃었다.

죽었구나, 내가 죽었구나.

얼마나 시간이 흘렀을까? 꿈에서 들리는 소리처럼 미나의 목소리가 들렸다.

"어때? 아파? 너도 이 시체들과 나란히 누워 있게 될 거야. 며칠 지나지 않아 눈과 입에는 구더기가 슬고 피부가 문드러지겠지. 온몸에는 파리 떼가 끓고 산짐승들이 썩은 고기를 뜯어먹을 거야. 누군가 그곳을 찾아올 때까지 너의 육신은 그렇게 망가지겠지. 어쩌면 니 시체는 형체를 식별할 수 없을 정도로 부패된 다음 발견되어 영원히 실종자로 남을지도 몰라. 사람들은 말할 거야. 걘 정말 아무 문제도 없었는데 왜 사라졌지? 누군가가 대답할거야. 신경 쓰지 마. 성 밖으로 쫓겨난 낙오자일 뿐이야."

"날 죽여! 빨리! 더 이상 그런 개소린 못 듣겠어!"

준호는 눈을 꼭 감은 채 있는 힘을 다 짜내 소릴 질렀다.

"개소리?"

미나는 준호 앞으로 바싹 다가와 칼등으로 고개를 들어올렸다.

"개소리라고?"

준호는 미나의 눈을 정면으로 마주한 채 천천히 얘기했다.

"넌 정말 멍청해. 난 널 사랑했는데, 지금도 널 사랑하는데, 만약 니 말대로 성이란 게 있다면 널 데리고 성 안으로 들어가려고 했는데, 왜 이런 짓을 하지?"

미나는 충격을 받은 얼굴로 준호를 내려다보았다. 그러다가 그를 안았다. 준호의 뺨에 흐르는 피를 혓바닥으로 핥았다. 준호는 일부러 몸을 비틀어 노끈이 몸을 꽉 죄게 했고 그 고통으로 정신을 차리려고 애썼다. 미나가 한결 누그러진 음성으로 말했다.

"사랑? 사랑한다고 말한 남자가 한둘인 줄 알아? 그들은 내 몸을 탐하기만 했지 영원히 하나가 되는 건 거부했어. 그들에게 있어서 영원한 사랑이란 성 안에 있는 사람들끼리 맺은 계약에 불과해. 너도 마찬가지겠지. 게다가 내가 이런 미친년이라는 것까지 알았으니까. 내일 아침이면 나는 다시 예전의 미나로 돌아갈 거야. 예쁘고, 연약하고, 다소곳하고, 요리도 잘하는 여자로. 한 남자를 만나서 계약을 맺고 남들처럼 행복하게 살아갈 거야. 난 할 수 있어. 언제나 사람들에게 한쪽 면만을 보여주는 달처럼."

"날 빨리 죽여줘. 너의 오해가 이 시체들보다 더 끔찍해."

준호는 힘겹게 말을 내뱉고 고개를 들었다. 무표정한 얼굴로 자신을 내려다보고 있는 미나와 눈이 마주쳤다. 괴물의 얼굴로 보였다. 이를 악물고 마주한 시선을 유지했다. 차갑게 일그러져 있던 미나의 얼굴이 조금씩 부드러워졌다.

미나는 준호 앞에 무릎을 꿇었다. 그리고 준호의 입에 자신의 입술을 가져다 댔다. 의자에 묶인 채로 준호는 미나와 키스했다. 그가 연기할 수 있는 최대한의 애정을 담아.

"미나야, 난 니가 살인마든 뭐든 상관없어. 니가 악마라고 해도 상관없어. 이 세상이 텅 비어버렸다고? 인간이 사랑하는 법을 잊어버렸다고? 난 널 진심으로 사랑해. 믿지 못한다면 차라리 날 빨리 죽여줘."

말을 마친 준호는 길게 한숨을 내쉬었다. 미나는 바닥에 칼을 내려놓았다. 미나는 무릎을 꿇은 자세로 몸을 굽히고 준호의 바지 지퍼를 내렸다. 축 처져 있는 준호의 페니스를 두 손으로 정성스럽게 감싸더니 입안에 품었다.

집요한 혓바닥을 느끼며 준호는 눈을 감았다.

일어서야 해. 긴장을 풀고 미나의 몸을 처음 만난 순간을 생각해. 보드라운 살결과 체온을 생각해. 제발, 제발 일어서야 해.

준호의 가슴에서 흘러내린 피가 배와 허리를 타고 사타구니에 파묻힌 미나의 얼굴에까지 묻었다.

"죽기 전에 마지막으로 널 안고 싶어."

준호는 마지막 힘을 모아 입을 열었다. 미나는 준호의 페니스를 입에 넣은 채로 고개 들어 그를 바라보았다. 미나는 천천히 몸을 일으키고 바닥에 있는 칼을 집어들었다. 준호는 눈을 감았다.

# 38

    준호는 느꼈다. 얼굴 위로 천 조각이 덮이고, 머리 뒤편에 매듭이 만들어졌다. 몇 시간처럼 느껴진 몇 초가 흘렀다. 손목과 발목이 시원해졌다. 그리고 미나의 목소리가 들렸다.

    "이리 와, 내 사랑."

    준호는 의자에서 천천히 일어섰지만 경련과 현기증으로 무너졌다. 거의 탈진 상태로 쓰러진 준호의 몸 위로 손길이 와 닿았다.

    미나의 손길은 피에 젖어 있는 옷을 벗겨내고 준호를 알몸으로 만든다. 알몸과 알몸이 포개진다. 입술과 입술이 만난다. 준호는 미나를 안는다. 뜨거운 숨결이 준호의 몸을 더듬고 가쁜 신음이 암흑 속에서 유영한다.

준호는 미나의 몸을 쓰다듬으며 자세를 바꾸어 미나 위로 올라갔다. 미나가 묶어 놓은 눈가리개 때문에 아무것도 볼 수 없어 차라리 다행이었다. 만약 조금이라도 주위를 둘러보았다면 아예 흥분조차 불가능했겠지. 시체들이 뒹구는 살인마의 공간에서 사랑을 나누기란 젊은 남자에게도 무리다.

깨끗하고 뽀송뽀송한 침대 위에 있다고 상상한다. 달의 이면, 미스터 하이드, 추락한 천사와는 아무 상관도 없는 한 평범하고 가녀린 여인과 사랑을 나눈다고 상상한다.

"아아…."

미나의 몸은 따뜻하고 부드럽다. 물 위를 걷는 기분이 든다. 하늘을 헤엄치는 기분이다. 미나의 교성은 달콤하다. 질펀한 황홀함에 축 늘어진 미나의 손에는 칼이 들려 있을 것 같다.

준호는 슬쩍 손을 뻗어 스치듯 칼의 존재와 위치를 확인했다. 톤이 높아지는 신음과 함께 미나의 몸짓은 점점 더 간절해졌다.

준호는 들었다. 수십 대의 첼로가 한꺼번에 저음을 연주하는 소리를. 준호는 얼마 남지 않은 힘을 다 끌어 모아 미나의 손을 통째로 쥐고 그녀의 몸 위로 내리쳤다.

기다리고 있던 바이올린들이 한꺼번에 강렬한 스타카토를 연주하기 시작한다. 싱싱한 근육이 칼날을 빨아들인다. 동물적인 흥분에 자연스럽게 반응하던 미나의 몸이 굳어버린다. 힘겨운 숨소리가 들린다. 미나의 몸에서 흘러나온 뜨듯한 액체가 준호의 몸 위로 흐른다.

준호는 힘이 풀린 미나의 손에서 칼을 빼앗았다. 되풀이해서 미나의 몸을 찔러댔다. 바이올린, 트럼펫, 티파니, 심벌즈, 모든 악기가 자기 파트를 충만하게 연주하면서 흥분에 가득 찬 클라이맥스가 폭발한다. 얼마나 연주했을까? 한껏 포르테로 진동하던 음들이 서서히 잦아들고 영원한 정적을 향해 소멸해간다.

힘이 빠진 준호도 움직임을 멈췄다. 그는 가쁜 숨을 몰아쉬다가 두 눈을 가린 천을 풀었다. 미나는 온몸이 피투성이가 되어 널브러져 있었다. 준호 역시 피투성이였다. 아직도 가슴의 자상에서는 피가 흘러나오고 있었다.

준호는 후들거리는 다리에 힘을 주어 움직였다. 문을 향해 걸어갔다. 문은 굵은 철사로 만들어진 허술한 자물쇠로 안에서 잠겨 있었는데 발길질 한 번에 열렸다. 준호는 뒤도 돌아보지 않고 밖으로 나갔다.

준호가 갇혀 있던 곳은 버려진 비닐하우스였다. 검은 그물이 겉옷처럼 비닐하우스를 덮고 있었다. 주위에는 그렇게 버려진 비닐하우스가 여럿이었고 나머지 땅엔 잡초들만 무성했다. 그곳은 신도시가 개발되고 고속화도로 공사가 시작되면서 몇 년 동안 버려진 땅이었다.

좀 더 먼 곳으로 시선을 돌려보았다. 멀리 고속도로 위로 질주하는 자동차 불빛들이 보였다. 준호는 말을 잘 듣지 않는 몸에게 명령했다.

달려! 살아남은 사람은 오직 너뿐이야.

만월의 빛이 어둠에 잠긴 세상에 출렁거린다. 배가 터진 순대가 뛰어다닌다. 시체들이 춤을 춘다. 삶을 포기한 아빠, 모범 시민상을 받은 버스 기사, 똘똘한 여대생, 하느님의 충실한 종 최 주임, 불안한 아줌마, 긴 생머리의 미나, 그리고 묘지에서 일어난 좀비들이 춤을 춘다. 환상적인 축제다. 달빛은 격랑처럼 출렁인다. 피의 아치가 떠오른다. 그 위로 푸른 폭죽이 터진다. 대지에 불이 붙는다. 비가 내린다. 바퀴벌레 떼가 날아다닌다. 나무들이 울부짖고 반짝이지 않는 금덩이들이 우박처럼 쏟아진다.

# 39

 조 형사는 2002번 버스 안에 있었다. 며칠 동안의 탐문수사는 별 소득 없이 제자리를 맴돌았다. 그는 사건 발생 당시 버스의 동선을 똑같이 따라가 보기로 마음먹었다. 그래서 늦은 밤 직접 2002번 버스를 타고 강남역에서 분당까지, 또 분당에서 강남역까지 가는 길을 체험했다.

 당연한 일이지만, 여느 심야버스처럼 별다른 특이사항은 없었다. 조 형사는 버스 안의 승객들을 관찰했다. 주로 술자리를 파한 직장인, 늦게까지 도서관에서 공부하던 학생, 또 데이트를 마치고 돌아가는 연인 등으로 짐작되었다.

 조 형사는 기사에게 신분을 밝히지 않았다. 이미 공선중 실종사건이 버스 회사에 파다하게 소문이 난지라 괜히 이것저것 질문 세례를 받기 싫어서였다. 그는 평범한 승객처럼 앉아서 버스 안과 도로변을 살폈다. 만의 하나 사건의 실마리를 발견할 수 있지 않을까 기대하면서.

기대와 달리 버스는 평범한 승객들을 태우고 평범한 속도로 평범한 노선을 달릴 뿐이었다. 서울로 돌아오는 고속도로에서 조 형사는 고개를 끄덕였다. 기대가 수포로 돌아갔음을 인정하는 것이었다.

그때 창밖으로 어떤 낯선 모습이 스쳐 지나갔다. 사람이었다.

자정이 넘은 시간에 고속도로 갓길을 걸어가는 사람이라니? 잘못 본 것일까?

조 형사는 고개를 돌려 차창에 뺨을 붙이고 최대한 뒤를 보려고 했으나 버스는 너무 빨랐고 길은 너무 어두웠다.

"잠깐만요!"

조 형사가 일어나면서 소리쳤다. 버스 기사는 룸미러로 조 형사를 힐끔 돌아보았다. 조 형사는 운전석으로 달려가서 형사 신분증을 내밀고 자초지종을 설명했다.

"일단 버스를 갓길에 세워요! 빨리요."

"이러시면 위험한데."

굵은 팔뚝 위로 소매를 걷은 버스 기사는 미간을 찌푸린 얼굴로 천천히 버스 속도를 줄였다. 그는 갓길 위에 최대한 바짝 버스를 대고 비상등을 켰다.

"문 좀 열어주세요."

조 형사가 부탁했다. 문이 열리자 그는 바로 버스에서 내렸다. 그리고 방금 전 얼핏 눈에 들어왔던 어떤 그림자 또는 빛의 정체를 밝히기 위해 반대 방향으로 걸었다. 버스 승객들은 창문 밖으로 고개를 빼고 호기심 어린 시선으로 조 형사의 뒷모습을 보았다.

조 형사는 만약의 경우에 대비해 허리춤에 숨겨놓은 총을 빼들었다. 그러나 한참을 걸어도 총을 쏠만한 일은 생기지 않았다. 갓길에는 사람도 동물도 보이지 않았다.

"잘못 봤나?"

조 형사가 중얼거렸다.

"아닐 수도 있죠."

갑자기 들린 목소리에 조 형사는 비명을 지르며 총을 겨누었다. 몰래 따라온 버스 기사가 두 손을 번쩍 들었다. 조 형사가 총을 내리며 한숨 쉬었다.

"놀랐잖아요?"

"전 죽을 뻔 했어요! 실탄인가요?"

조 형사는 이마에 흐르는 땀을 닦았다. 버스 기사에게 물었다.

"그런데, 아닐 수도 있다는 게 무슨 말입니까?"

조 형사의 질문에 버스 기사는 팔을 뻗어 고속도로 주변의 야산을 가리켰다.

"어두워서 잘 안 보이나? 이 산에 임자 없는 묘가 그렇게 많아요. 운전하다 보면 가끔 도깨비불도 보이고, 귀신 봤다는 기사들도 많아요. 공 기사도 아마 귀신에 홀려서 해까닥 한 걸 겁니다."

순간 조 형사의 팔에 소름이 돋았다. 그는 주변을 돌아보았다. 얼마 전 태양까지 집어삼켰던 과감한 달이 깊은 밤 고속도로 위로 빛을 내뿜고 있었다. 삶과 죽음, 산 자와 죽은 자, 기억과 착각, 현실과 비현실의 경계를 흐리는 음험한 기운이 가득했다.

"저기, 누가 있어요!"

버스 기사가 소리쳤다. 누군가 힘겹게 걸어오고 있었다. 조 형사는 총을 겨누고 다가갔다. 여자였다. 피투성이 알몸으로 겨우 서 있던 미나가 말했다.

"살려주세요. 강도를 당했어요."

# 40

얼마나 달렸는지 몰랐다. 준호는 고속도로를 따라 늘어선 가드레일 앞에 도착한 후에야 멈춰 섰다. 헤드라이트를 뿔처럼 앞세운 자동차들이 불과 몇 미터 앞에서 질주했다. 준호는 거친 숨을 고르다가 뒤를 돌아보았다. 멀리 어둠 속에 버려진 땅과 비닐하우스들이 보였다. 준호는 상상했다.

미나의 시체도 썩게 되겠지. 사인을 밝힐 단서를 가려내기 힘들 정도로 썩고 나면 땅 주인이든 토지 재개발을 담당하는 공무원이든 어떤 선택된 자가 그 광경을 발견할 테다. 그리고 기절을 하든지 경찰에 전화를 하겠지.

준호는 가드레일을 넘어서 갓길을 걷기 시작했다. 좀 더 현실적인 생각이 떠올랐다.

계속 걷다 보면 도로가 끝나고 택시를 잡을만한 곳이 나올 거야. 이제 집으로 가야지. 택시 기사는 온몸이 피투성인 이유를 물어보겠지. 정신병자라고 오해하지 않을 정도의 적당한 거짓말을 해야겠지. 범죄자로 생각하고, 아니면 시트를 더럽힐까 봐 안 태워줄 수도 있어. 그럼 계속 걸으면 돼. 차라리 경찰서를 찾아갈까? 괴한에게 습격당했다고 둘러댈까? 아니면 내가 겪은 일들을 다 실토해버릴까? 과연 믿어줄까? 이런 제길. 피가 계속 흐르는데, 계속 현기증이 심해지는데 살아서 고속도로를 빠져나갈 수 있을까? 잠깐만. 미나는 분명히 죽었나?

거센 바람과 엔진 소리가 맹렬하게 준호를 스쳐 지나갔다. 버스였다. 점점 멀어져가는 버스 뒷유리창에 붙은 '2002'라는 아크릴 번호판이 보였다.

# 41

순간 준호는 걸음을 멈추었다.

그래. 저기야. 광기의 씨앗을 잉태한 곳. 저 버스 안이었어. 왜 하필 지금 내 앞을 지나가는 걸까?

그런데 저만치 달려가던 버스가 점점 속도를 줄이더니 천천히 멈추는 모습이 보였다. 준호는 눈을 껌벅였다. 사람이 내리는 것 같았다. 준호는 달려가 구조를 요청하고 싶었으나 걸음이 말을 듣지 않았다. 마치 꿈을 꾸는 것처럼 다리가 뻣뻣했다. 그는 최대한 애를 써서 버스를 향해 다가갔다.

어떤 남자가 자신을 마주보며 다가오고 버스 기사로 보이는 사람이 그의 뒤를 따라오고 있었다. 준호는 소리쳤다.

"여기요! 제발 살려주세요! 저 안 들리세요? 저 안 보이세요?"

사람들은 마치 다른 차원의 시공간에 존재하는 것처럼 그의 손짓과 목소리에 무반응이었다. 먼 거리가 아니었는데도 더 이상 거리가 좁혀지지 않았다.

그때 누군가 뒤에서 그를 앞질러 걸어갔다. 알몸의 여자였다. 이상하게도 곳곳에 피와 상처가 얼룩진 뒷모습이 낯설지 않았다. 남자들은 깜짝 놀라더니 웃도리를 벗어 여자의 몸을 가려주었다. 그리고 여자를 데리고 버스로 돌아갔다. 준호는 그들 뒤에 대고 있는 힘껏 외쳤다.

"안 들려요? 저 좀 구해주세요! 여기 사람이 있다고요!"

결국 두 사람은 코앞에서 준호를 버리고 버스에 올라탔다. 그리고 버스는 다시 출발하더니 이내 어둠 속으로 모습을 감춰버렸다.

뭐였을까? 환영인지 유령인지, 모르겠다. 가던 길을 계속가야지. 살아야 하니까.

준호는 잠시 멈췄다가 다시 걷기 시작했다. 휘청거리는 달빛 그림자가 고속도로 위로 길게 늘어졌다.


〈끝〉

# 작가의 글

심야버스.

이 말을 들었을 때 어떤 이미지가 떠오르나요? 사람에 따라 다르겠지요. 피곤에 지친 퇴근길. 치한의 공포. 혹은 기분 좋게 술 마시고 집으로 돌아가는 길. 연인과 손 꼭 잡고 가는 다정한 공간. 모자란 잠을 보충해 주는 곳.

이 소설은 심야버스에서 벌어진 어떤 사건에서 출발합니다. 제가 쓴 많은 소설들이 그렇듯 실제 사건과 저의 상상이 뒤섞여 있습니다.

조금 다른 이야기를 해볼까요?

한 남자가 버려진 채석장에 십자가에 못 박힌 모습으로 발견된 사건

이 있었습니다. 대체 그 남자는 왜 그렇게 고통스럽게 죽었을까요? 자
살일까요? 타살일까요? 죽은 자는 말이 없습니다. 우리는 추측하고 가
능성을 모아볼 뿐입니다. 비뚤어진 종교관 때문인 것으로 밝혀졌다, 정
도가 우리가 언론 보도를 통해 얻는 정보겠지요.

주변에서 벌어지는 사건들에 대해 우리는 얼마나 제대로 알고 있는
지 궁금합니다. 우리가 알고 있는 진실이 과연 진실이기는 할까요? 천
안함 침몰처럼 거대한 사건도 제대로 경과를 못 밝히는데, 하물며 보통
사람들의 크고 작은 일에 대해 명확한 자초지종을 밝히는 일은 무리이
겠지요.

이 소설도 그런 맥락에서 읽어주셨으면 좋겠습니다. 제목처럼 괴담. 잔혹한 소동극. 일상의 공간에서 벌어지는 광기의 분출. 제 3자의 눈으로 보기에는 이해할 수 없는 사건의 뒷이야기. 그러나 우리 주변에서 끊임없이 벌어지는 사건. 이 세상이 항상 평화롭고 질서정연하지만은 않다는 증거이겠지요.

이제 버스에서 내리셔도 됩니다.

2011년 깊은 여름 어느 날,

심야의 작업실에서

※ 이 소설은 2000년에 출간된 〈200X 살인사건〉의 전면개정판입니다.

# 심야버스괴담

1판 1쇄 인쇄  2011년 6월 15일
1판 1쇄 발행  2011년 6월 22일

지은이        이재익
발행인        허윤형
마케팅        박태규
편 집         공영아
펴낸 곳       황소북스
주소          서울 마포구 동교동 LG팰리스빌딩 1424호
전화          02)334-0173 팩스 02)334-0174
홈페이지      www.hwangsobooks.co.kr
블로그        blog.naver.com/hwangsobooks
트위터        @hwangsobooks
등록          2009년 3월 20일(신고번호 제 313-2009-56호)

ISBN 978-89-97092-10-9(03810)
ⓒ 2011 이재익